金骏马

王昕朋◎著

中国言实出版社

图书在版编目（CIP）数据

金骏马 / 王昕朋著. -- 北京 : 中国言实出版社,
2013.12
　　ISBN 978-7-5171-0408-7

　　Ⅰ.①金… Ⅱ.①王… Ⅲ.①小说集－中国－当代
Ⅳ.①I247

　　中国版本图书馆 CIP 数据核字(2014)第 024324 号

责任编辑：安耀东

出版发行　中国言实出版社
　　　　　　地　址：北京市朝阳区北苑路 180 号加利大厦 5 号楼 105 室
　　　　　　邮　编：100101
　　　　　　编辑部：北京市西城区百万庄大街甲 16 号五层
　　　　　　邮　编：100037
　　　　　　电　话：64924853（总编室）64924716（发行部）
　　　　　　网　址：www.zgyscbs.cn
　　　　　　E-mail：zgyscbs@263.net
经　销　新华书店
印　刷　阳谷毕升印务有限公司
版　次　2014 年 4 月第 1 版　　2022 年 1 月第 3 次印刷
开　本　690 毫米 × 930 毫米　　1/16　　印张 9.75
字　数　105 千字
定　价　38.00 元　　　ISBN 978-7-5171-0408-7

目录

金骏马

一

　　金骏马既不是一匹价值昂贵的马，也不是一个人名，而是北方省著名画家马骏的绰号。马骏擅长画马且别具一格，曾多次在国内国际画展上获奖。这些年书画市场红火，他的画已卖到五万元钱一平尺，八尺整张就是四十万，可以买一辆豪华小轿车。上周的一次拍卖会上，他的一张八尺画居然拍出了八百万的价格。那张画上是八匹马，等于一匹卖一百万。由此看来，他在纸上画的马的确比黄金价贵，他本人被称为金骏马也不夸张。媒体一片惊呼，"当代马王"、"神马"、"金骏马"等等称谓频频见诸报端。这件事不仅轰动了北方省画坛，就更多的网民发问：几百万一张的画是谁买的？买画的人是送人还是自己收藏？……

连社会上也产生了很大反响。一位网民在网上感叹，画家一笔的收入超过一个工薪阶层几十年甚至一辈子的收入。由此还引发了一场争论。有的说，一个大牌歌手上台唱两首歌而且是假唱就几十万，你一个打工的能比吗？有的说，这就是现实，吃地沟油的怎能与喝茅台的比？更多的网民发问：几百万一张的画是谁买的？买画的人是送人还是自己收藏？……他在内蒙古插队时的伙伴史向前看了报纸后给他打来电话，直言不讳地把他损了一通，我说你小子画得马越来越不像了，原来是你给马眼、马耳、马蹄子都镶了金边。

马骏没有辩解。一方面他从在内蒙古插队时就怕史向前，听到他那雷鸣般的声音心里就打怵，如果他辩解，史向前肯定会不依不饶地骂下去。另一方面他也懒得理史向前。朋友归朋友，艺术归艺术，我和你史向前虽然交情深厚，但毕竟追求不一样。与一个不懂艺术的人争论艺术上的事，无疑是对牛弹琴，白费工夫和口舌。不过，他放下史向前的电话后，叼着烟斗站在拍出八百万的那幅画的原大尺寸照片前，足足看了十几分钟。不像马吗？马的眼睛、马的耳朵、马的蹄子，竖立的马鬃……栩栩如生，活灵活现。史向前这个混球纯扯淡！看着看着，他的眼睛湿润了，不由自主地用手抚摸着马头，渐渐地，两颗豆粒大的泪珠顺着眼角的皱纹落了下来。

门铃声响了。马骏家的门铃音乐声是他女儿从网上下载的，是国内一位著名歌唱家唱的一首歌，一开头就是骏马奔驰。马骏喜欢这首歌。女儿喜欢他画的骏马。所以，女儿把手机铃声、门铃声全都设置为那首歌的音乐。

马骏问：谁？

金骏马

对方回答：是我，老马。

马骏说：你是老马，哪我是谁？

对方笑了：我是潘大海。

马骏说等等。他进了卫生间洗了把脸，又把烟斗叼在嘴上，然后才开门。

潘大海是北方省文联驻会副主席，副厅级。文联的全称是文学艺术界联合会，在国家的体制中属于社团组织，事业单位。但是这个社团组织因为有级别，参照公务员管理，并且拥有一些官方的职能而又具有鲜明的官方色彩。潘大海在北方省的一个市任过市委常委、宣传部长，后来又当过市委副书记，平调到省文联任驻会副主席。一开始，他的情绪很大，拖了半个月才到文联报到。他在熟人、朋友面前发牢骚，说组织上不重用自己。他还上下找熟人托关系想调整一下岗位。没想到半年后，他的态度发生了一百八十度的大转变，不仅爱上了文联的工作，还爱上了美术，准确地说爱上了画鸡。几年的功夫，他的画也买到了二万一平尺。有人开玩笑说，潘大海成了养鸡专业户，而且养的全是金鸡，一只鸡能卖好几万。马骏看不上他的画，也看不上他的为人。有一回，他做客省电视台文艺频道的一个访谈节目，对着电视镜头直言不讳地批评有的人挤进画家队伍中滥竽充数，比如有的人一年之间能画八百只鸡，全都是吃了添加剂的大肥个儿，如果不是有个鸡冠，说是狗是猪都行，反正四不像……圈里人都知道他是在批评潘大海。潘大海却不以为然，你画你的马，我画我的鸡，咱是马不犯鸡，鸡不惹马！他曾任过职的那个市的干部说，潘大海自从学画画，成就最大的不是艺术而是脾气，要是搁过去马骏这样损他，他非把马

3

骏整得上吐下泻不可，看来艺术真能陶冶人的情操。

潘大海脸上带着谦恭的笑容，让人感到非常亲和。马骏认识他时他就这样一张脸，多年也没变过，好像那张脸是用铁浇铸成的，风吹雨打不会改变。

没等马骏招呼，潘大海主动坐在他对面的沙发上，开口就说，马老师，祝贺你！

马骏知道他是说自己的画拍卖出八百万的价格，心里有点儿乐滋滋的。没有人不喜欢听别人夸奖，不管是官居高位的，还是名扬天下的。这也是人性的特点之一。只要是实事求是地夸奖，实际上是对你的成就、你的功劳的一种肯定和认可。他笑了笑。因为嘴上叼着烟斗，他笑的时候和别人不一样，是从鼻子里发出声音。马骏过去抽烟，一直用烟斗，不是别出心裁，而是他认为烟斗能够起到过滤烟油的作用。构思画的时候，烟斗反过来拿着还能代替笔在纸上勾勒轮廓。同时，叼烟斗也是一种深沉，一种风度。他的许多照片都叼着烟斗。后来烟不抽了，叼烟斗的习惯却保留下来，有事没事都爱叼着烟斗。

潘大海说，有一位评论家称你是北方省当代"马王"，我看不够，应当说是全国"马王"，世界"马王"！当代徐悲鸿……

马骏觉得潘大海这句话过于夸张，甚至有点儿过份，心里不乐，把烟斗从嘴上取下来，直截了当地问，老潘，你无事不登三宝殿，有什么事说吧。我一会儿有学生来。

潘大海嘿嘿笑着，想和你商量一下美协换届的事。

马骏的眉毛动了动，没接话茬儿。

潘大海又嘿嘿笑了几声，说，这次换届，其他几个协会的筹备工作都比较顺利，就是书协和美协比较难办。就说这美协吧，老主席要退休，几个上一届的副主席……

马骏不耐烦地打断了潘大海的话，诚恳地说，老潘，潘主席，我是一个画画的，对这些丝毫也不感兴趣。我几次声明不参与换届的筹备工作，更不当美协主席。

潘大海沉吟片刻，说，张木虎老先生全力推荐你，还给孙副书记写了推荐信，说美协主席非你莫属。

张木虎是北方省美术家协会副主席，以画虎闻名全省，在全国也有一定的影响。他比马骏大十多岁，马骏一直以老师称呼他。当着面，马骏这样称呼他，他总是摆手，谦恭地说老马你太谦虚了，我怎么敢当你老师！可是到了一些重要会议上或者是关键时候，他却主动对别人说，马骏刚回城时，经常听我的课。言下之意马骏当过他的学生。马骏听说后既不承认也不否认。在前不久召开的换届筹备工作会上，马骏借口想带两个学生出国写生，没时间参加筹备工作，张木虎马上自告奋勇地把这事揽在自己身上。他说得还让大家诚服。换届是个大活累活，又是个得罪人的活，马骏不参加筹备也是个解脱，省得以后美协的工作不好开展。言下之意是说他赞成马骏当美协主席，同样支持马骏不参与筹备工作。不过，张木虎性格过于张扬，又喜欢拉山头，在人才济济的北方美术界口碑不佳，投票时没过半数，连筹备组成员也没弄上。

潘大海说，木虎是个热心人。不过，我在党组会上提了个建议，省美术家协会这样的群众组织没有什么权力，不能靠权力和权威来施加影响，还应当选一个在全国有影响的重量级画家，靠能力和水平服众……说完，笑咪咪地看着马骏。

马骏说，木虎也是有影响的人嘛！他最近拿了个全国性大赛的金奖，这几天电视台天天播他的访谈节目。

潘大海又是摇头又是摆手，哈哈，他怎么拿的金奖大家都知道。外省有个画家已经在博客里曝光这件事，说他花了大价钱。老张很恼火，要跟那个人打官司，还是我好说歹说劝阻了他。他停顿了一下，看着马骏的表情，说，老马你想想，万一哪一天暴出咱北方省美协主席不择手段，影响多不好啊！他口气很严厉很严肃，但表情仍然带着笑意。

不择手段的人不是没有！马骏脱口而出地说了一句。就这一句，让潘大海的脸一下子涨红了。尽管他脸上还带着笑意，但是那种被很多文人描写过的皮笑肉不笑。

马骏显然有口无心，或者根本就没有想到该不该在潘大海面前说这种话。因为潘大海身上也发生过类似的事。有一年潘大海的画获奖，就被人曝光说他是请了外省一位画鸡的画家代笔。马骏马上觉得说得有点过火，接着强调说，老潘你也知道，我只想画画，对政治没兴趣。

潘大海说，政治是艺术的灵魂。艺术不能脱离政治，或者说艺术作为意识形态，本身就是政治的一种表现形式。

马骏不高兴了。他站起来，走到画前，一边自我欣赏着，一边说，我画的这些马姓什么？它就是马。

潘大海说，孙副书记经常夸你画的马具备"三气"，大气、雄气、骄气，大气磅礴，雄壮有力，具有强烈的时代精神，能激发人们的爱国热情和生活信心。时代精神就是政治啊！

马骏无奈地笑了笑，把烟斗含在嘴上。这也是他的习惯动作，表明不想再发言，再具体点是表明要送客。

潘大海站在马骏身后。他说，上个月有个活动你没参加。大伙都动笔了，张木虎却不动。孙副书记来了，他马上画了一张，题了孙副书记的名字。孙副书记当众开玩笑说，张老师，我家已经有你三只虎了，再多就养不住了。

马骏好像没听见。

潘大海又说，孙副书记说他喜欢马。马挂在屋子里，可以听到马蹄奔腾的声音，让人精神振奋。

马骏皱了皱眉头。他记得潘大海这是第三次在他面前提起孙副书记喜欢马。第一次说得很直接，孙副书记属马，你送一张给他。他分管文联，是咱的直接领导。马骏没有理睬。他最恨那些靠着权力伸手的官员。第二次是在一个月前教师节活动上，孙副书记也在现场。马骏画好后，潘大海在他耳边嘀咕，让他签上孙副书记的名字，可能怕他写错，还写了张纸条给他。他却签上了一个老师的名字。这一次没那么直接，但目的还是要画。所以，他没有搭理。

潘大海又说了一些话，无怪乎动员马骏顾全大局，替北方省美术界的团结着想等等。

马骏取下烟斗，突然问，我答应你给孙副书记画一幅画，但是我有个请求你得带给孙副书记。

潘大海一愣，看了马骏一会儿，见马骏态度认真，才说，行。孙副书记对艺术家特别关照，你求他的事，他肯定会办。

马骏哈哈大笑，然后严肃地说，我请孙副书记出面做做工作，别

7

让我在美协任什么职务！

潘大海惊讶地张大了嘴巴，一直到上了电梯那张嘴也没合上。

二

送走潘大海，马骏心里火气未消，转了几个圈子，打开冰箱，取出一瓶红酒，哗哗哗倒一大半杯，杯子刚沾着嘴唇却又放下了，然后倒了半杯白酒，咕嘟咕嘟喝了个底朝天。他含着烟斗，侧躺在沙发上，脸对着墙。墙上挂着他的一幅还没画好的马，他心里默默地说，伙计，你得帮帮老马，别让他马失前蹄啊！

马骏从小就喜欢画画，小学时就在全市少年图画大赛中获过奖，直到前年他去少年宫参加一次活动，看见展览室里还挂着他五年级时一幅获奖的习作。不过，那时的习作用的是腊笔。到了中学时，学校的黑板报、壁报、美术字、插图都出自他的手。他画马是在内蒙古当知青"插队"时看套马比赛得来的灵感。那种场面，他和伙伴们在城市做梦也想像不出来。辽阔的空间，磅礴的气势，天地之间散发着阳刚之气，雄性之美。那些威武雄壮的草原汉子在马上拼搏、追赶、争夺、呐喊，而那些马在拼斗、角逐、挣脱、嘶叫……观看的人紧张、亢奋、激动、欢呼，整个场面惊心动魄，扣人心弦。第一次看比赛，他的同伴史向前紧张地尿了裤子，小便沿着大腿一直流到脚下。马骏却非常亢奋。在回驻地的路上，他脑海里一直在翻腾着那个场面，情不自禁地用树枝在地上画了脑海中印象最深的一匹白马。那真正算得上大写意，简约的几条线，结构也很简单。史向前看了大呼，你这是画得啥玩艺啊？他说是马。史向前围着转了几圈，边看边摇头，得了

金骏马

吧，得了吧，我看不像马！

我看像！一个姑娘的声音。

马骏仰脸一看，是个骑枣红马的姑娘，脸蛋儿红朴朴的，嘴唇也红红的，两只黑黑的大眼睛镶嵌在上边格外有神。她的草帽倒扣在背上，上边一行"广阔天地炼红心"的红字表明她也是来自城市的知青。她勒马围着马骏画的马转了几圈，边看边点头，称赞地说，像，像一匹烈马，好马！

那个姑娘说完就飞马离去。马骏久久望着她的背影，直到目光被一片飞扬的尘土遮住。

史向前问，你认识她？

马骏说，哪个狗日的认识她！

史向前摸着脑袋瓜子，不对吧？你不认识她，她怎么会夸你画得像？我怎么看不像。

马骏说，你没长艺术细胞！

从那以后，马骏就迷上了画马。每天早晨睁开眼第一件事就是去看马，画速写。只要遇上马，他就着实会盯着看。拉车的、耕地的、吃草的、哺乳的、散步的、交配的……形形色色，应有尽有。有一段时间，马骏画的马几乎都和那个姑娘有关。他第一次参加知青画展的一幅作品，就是画的一名骑枣红马的女民兵。只有史向前知道他的心思：他是想通过自己的作品找到那个姑娘。后来，他在给学生讲课和作学术报告，以及发表的论文中，多次坦诚这是他的初恋。

离开插队的地方时，他已小有名气。

后来，他终于在一次画展上邂逅了那个姑娘。再后来，那个姑娘

出现在他笔下的马，其形态、姿态、神态、动态
都非同一般，给人震撼的力量。

成了他的妻子。

也许是有内蒙古插队生活的那段经历，也许是从草原开始画马的经历，也许是画马与他的初恋相关，出现在他笔下的马，其形态、姿态、神态、动态都非同一般，给人震撼的力量。有一位全国有名的美术评论家称他的画法是中国画画马史上的一个新的里程碑。为这篇文章，张木虎问过他几次，老马你花了多少钱买的这篇评论？他说一文没花，连面也没见过。张木虎摇头，见人就说马骏虚伪。眼下这社会写个豆腐块大的新闻都得送个红包，你一分钱不花人家凭什么给你写那么有分量的评论？

马骏的妻子也为他的成绩高兴。妻子说，我第一次看你画的马就觉得很特别。妻子一直在鼓励他，支持他。可是，十年前他第一次在北京举办全国美展的前夕，他的妻子因病去世了。这十年来，一拿起画笔画马的时候，妻子的形象就会浮现在他眼前……

又有几个客人登门，打断了马骏的回忆。这几个全是马骏的学生。这些年，社会上有人对马骏提出非议，说他不要脸，明明是人家的弟子，到他这进修几天，就成了他的学生。马骏不以为自己错了，是那些人硬要说成是他的学生，朝他的圈子里挤。

这几个学生有省城的，有几百里外市里的。带头的叫柳树，省美术馆副馆长。还有个女学生叫万秋，在北方省的一个市群众艺术馆工作。另一个戴眼镜的胖子马骏不认识。柳树介绍说，这是方老板。

方老板一边递名片一边恭维地说，方正！早已仰慕马老师的大名。

马骏看了一眼名片。上边密密麻麻地印着一大串职务，省政协、市政协、工商联、民营企业家联合会、文化产业发展促进会、慈善家

金骏马

协会、煤业公司董事长，十几个职务。让他惊讶的是，还有省美术家协会会员的头衔。他皱了皱眉头，把名片轻轻地丢在茶几上，问柳树，你们几个怎么凑到一起了？

柳树指着万秋说，师妹搞画展，我们不都得全力以赴。然后指指方正，师妹的画展是方老板慷慨解囊赞助的。

马骏赶忙取下嘴上的烟斗，握着方正的手，连说了几声谢谢。尽管从上到下级级都喊着要促进文化繁荣，但毕竟在市场经济条件下，得遵循市场经济规律，一个画家想搞一次画展不仅要用很长时间创作作品，还得花一大笔钱，场地、布展、开幕式礼品、招待酒会、记者红包……像他这样有名气的画家自然有人争着掏钱，而万秋这样尚未成名的画家则需要求爷爷告奶奶厚着脸皮地拉赞助。所以，他理解万秋，也替万秋感谢方老板。

没想到方正接了一句话，让马骏十分不高兴。方正说，孙书记指示，孙书记指示。

马骏听了，像吞了一只苍蝇，直犯恶心。他严厉地看了万秋一眼。他虽然平日不太关心美术圈子里的事，但毕竟接触的多是圈子里的人，对圈子里的一些人和事还是知道一些。这些年字画的价格突飞猛涨，书法家、画家也层出不穷。潘大海在一次会议上解释说，随着物质生活水平不断提高，人们对精神文化的需求也越来越强烈，所以，爱好书法和绘画的也多起来。但是，有的画家私下里议论最多的是两条，一是书画成了行贿受贿的赃物；二是书画家队伍中拥进不少官员。因为纪检部门对官员卖字画没有明文规定禁止。去年，有一个市长被查，在办公室和家中搜出现金几百万。他在法庭上公然咆哮，说是卖字画挣来的，还攻击办案人员说，你们在党内和公职人员中搞一党多制，唱歌的党员官员出场唱一首歌挣几十万为什么就不算犯错误？演电影电视剧的党员官员一场几十万为什么就不犯错误？我是书法家，卖字挣的钱怎么就算违法？这合理吗？马骏认为，官员书法家画家进入这个队伍无可厚非。法律面前人人平等，艺术面前也应当人人平等。问题是你到底达没达到称"家"的艺术水准，你是不是利用职权为自己的字画卖钱？他对孙副书记爱好收藏名人字画，用各种名义向画家、书法家伸手早有耳闻。所以一听方正提他的名字，打心眼里不高兴。这个万秋，怎么也学会搞这些了？

万秋看出马骏不高兴，脸一下子红了。

柳树说，老师，方老板还有件事求你。

方正没等马骏表态，取出一幅画，在柳树的帮助下拉开了。这幅画题名为《我爱这辽阔的草原》。画面上是一匹奔腾的枣红马，马上是一位长得非常秀气，但身体非常健壮、背着钢枪的姑娘。下边落款是马骏，时间是他还在内蒙古插队的日子。方正说，马老，这是我从一个自称是你插队时的伙伴手中买下的，想让你给看看是否是你当年的作品。

马骏戴上花镜，仔细看了看下边的落款，没有立即表态。方正看了一眼手机上的闹钟，时间过了三分钟。他又看了看柳树，看了看万秋，见他俩也不吭声，于是沉不住气地说，马老，请您再看看。

方正沉不住气是有来由的。在北方省画界，马骏还有个绰号叫马三眼，意思是说他鉴定名人字画时只需看上三眼就可以认定真伪。第一眼看落款，第二眼看笔法，第三眼看纸张。他对自己的画看了不止三眼，三十眼也到了，既不否定也不肯定，那就说明有问题了。方正打开包，从里边掏出一沓钱，连银行的封条也没拆，整整十万，朝茶几上一放。

马骏不高兴地问：你这是干什么？

求马老在旁边题个字，以证明这幅是真品。方正恳切地说，马老，我这可是花大价钱买的，打算送给孙，孙……我有个很好的大哥，也姓孙，帮过我不少忙。人家什么回报也不要……

方正的话没说完，就被柳树用严厉的目光制止了。柳树轻轻地搀着马骏进了里屋，又神神秘秘地关上门，对一脸茫然的马骏说，老师，为了师妹的画展成功，你就给他副定心丸吃！

马骏皱了皱眉头，是你卖给他的？

柳树说，不是。但是……他犹豫了一会，才壮着胆子说，是我岳父收藏的你的画。我岳父起先不同意卖，方老板跑了七八趟，硬磨，我岳父才答应。

柳树的岳父是马骏插队时的伙伴史向前。他和史向前的女儿的婚事是马骏从中做的媒。这么多年来，柳树一直像对待父亲一样对待马骏。事情到了这个地步，马骏觉得无话可说。他无力地坐在沙发上，冲柳树摆摆手，让那个姓方的把钱拿走！

柳树出去一会儿，万秋进来了。她像是一个犯了错误的孩子见着严厉的父亲，低着头，两手来回搓揉着，不时抬抬眼皮看看马骏的表情。马骏示意她在对面沙发上就坐，她踌躇了一会才静静地坐下。马骏问她，日子定了吗？她点点头，嗯了一声。马骏说，不是说省美术馆今年的展览全排满了吗？她吞吞吐吐地回答说，有一个搞书法的出了点事，展览也撤销了。柳哥费了很大劲把我替补上去了。马骏听后又沉默了。他认识万秋说的那个"搞书法的"，是省交通厅原副厅长，姓张，主管高速公路建设招标。之所以出事，是他的书法作品价格涨得太离奇，一平尺卖到了十多万，被人称为"张十万"。"张十万"的作品全都是那些施工单位或者老板掏钱买。一位老板买了他四幅八尺的书法作品，花了三百多万，到头来没有中标，于是把他给告了。想到这里，马骏不由地感叹道，我真打算退出了！

万秋一惊，老师，您千万不能退出。像您这样的大家，作品来越值钱。她大概发觉自己的话可能会引起老师不满，赶忙补充说，您要是当了美协主席就更不能退出，否则有人会说您吃老本。

马骏看了她一眼，说，谁说我要当美协主席？

万秋的眼珠儿转了转，说，众望所归。

马骏说，都是柳树他们几个在那儿瞎起哄。我早就警告他们不要在下边操作这种事，让别人以为我想当这个主席，指使学生为自己拉选票。一个搞艺术的干那种事多无耻呀！停顿一下，又说，你帮我给柳树几个说一说。我要是听说了他们做那样的事，就是给我泼脏水，我就和他们断绝师生关系。

万秋"扑哧"笑了，说，老师，有那么严重吗？

马骏认真地说，就那么严重！小万秋你给我听好了，我马骏从来是说话算数。

万秋这才把马骏的话当了真，说，老师，要是让我说句真心话，我倒是劝您竞选省美协主席。您老人家大公无私，清正廉洁，美术界的都知道。您当不当主席，在北方省美术界的地位也不可动摇。可是，您也得替您的学生我们想想吧。

马骏问：什么意思？

万秋说，说起来美术家协会主席的地位不算多高，但影响很大。咱不提卖画的价位不一样，就说每年美术界的各种评奖、各类展览、国内国外交流活动、包括发展会员，大权不都在主席手中？如果您老人家现在是美术家协会主席，我办画展还要那么穷折腾？

万秋看马骏不吭不响，以为说动了马骏，就把话题转到自己的展览上。她告诉马骏，她所在的市群众艺术馆一分钱不出，还要挂个协办单位的名字，馆里几位领导加上市文化局、宣传部的领导大约十二个人的往返机票、食宿等也得她负责解决。我们馆长说了，小万你是咱市第一个在省美术馆举办个人画展的女画家，要好好宣传宣传。市电视台、报社都得报道报道。我一算，这又得不少钱……

马骏生气地拍了下沙发扶手，这，这不是讹诈嘛？

万秋揉了揉眼睛，说话的声音变得又尖又细，馆长说了，现在傍大款也不是什么丢人现眼的事。你万秋也别老是那么清高，艺术和金钱之间本来就没有仇……

马骏摆弄着烟斗，好像没听进去。其实他是无话可说。万秋的馆长说得没错。这几年名声大振的画家、书法家，包括歌唱家哪个不是价钱抬出名的。艺术也得靠市场啊！

万秋说，市里也不是不可以帮你解决点问题。但是，但是，但……

马骏急了，你有话就说呗！

万秋说，馆长说你小万要是能请你老师给咱们部长画幅画……她没说完又改了口，老师，我当时就给他拒绝了。

马骏说，你别拒绝。这幅画我可以给。

万秋激动地搂着马骏的脖子，在他额头上亲了一口，喊了一声老师，接着就哽咽了。

三

北方省美术家协会换届筹备会议一周后在省城一家五星级酒店举行。马骏作为上一届的美术家协会副主席，这一届的筹备工作领导小组成员，自然也接到了通知。接到通知时，他给潘大海打了个电话，打算请假。潘大海说，马老师，这是筹备组第一次会议，你无论如何都要克服困难来参加一下。咱北方省美术界的团结在全国都是赫赫有名的，"黄金协会"啊……

潘大海说得很诚恳，让马骏没好意思把请假的话说出口。人都怕敬。既然人家敬重你，你也得尊重人家。再说你马骏毕竟是上一届的美协副主席，一天不换届你就一天在职，一天在职就得尽一天的职责，这是做人最起码的原则。他没想到张木虎和方正也参加了会议，而且是筹备组成员。会场上还有几个陌生的面孔，他不认识他们，他们却好像早认识他，都对他点头微笑。

主持会议的是省委宣传部的一位副部长。这位副部长不知是昨天晚上没睡好还是早晨就多喝了几杯酒，精神有点儿不振，还时不时皱下眉头。不过，他说话却颇具震撼力。给同志们通报一下，这个会前我们开了个筹备组党员同志会议。不要把美协换届看作是一个协会业务上的事情，而是政治任务。党员同志都能服从党组织决定，服从大局，保证开好换届会……他开了个头，就把话筒放到潘大海面前，老潘，你介绍一下到会的同志吧。

潘大海拿着打印好的名单，逐个介绍到会的人员。在新增加的省美协副主席和常务理事、理事候选人中，有两个是省重要部门的负责人，一个退休，一个在职；有两个刚从市委书记、市长位置上退下来，分别在省人大、省政协任专门委员会副主任；还有几个企业老板，有国有企业的，也有民营企业的。方正也是理事候选人之一。坐在马骏旁边的老画家不时拍桌子、跺脚，还暴了粗口，我靠，这还是美术家协会吗？老子退会！他说着颤抖着站起来就要起身。马骏拉了他一把，用左手中指在桌子上写了两个字"大局"。马骏虽然表面上显得很平静，心里的波澜翻腾却比那位老画家还要厉害，嘴上的烟斗不住地颤抖。他扫了一眼那些新面孔，发现有的洋洋得意，好像胸有成竹；有的踌躇满志，好像志在必得。方正倒是表现的和他们有别，目光像探照灯在与会人脸上不停地扫来扫去，只要和人家的目光遇上了，就冲人家咧着嘴笑一笑。马骏心里感到一阵悲哀。

潘大海在介绍张木虎时，不知是故意还是无意地提了一句：木虎同志最近又在一个全国性大展中获了金奖。这块金奖的含金量非常高……

张木虎赶忙站起来，双手合十，谦恭地笑着，朝着会场的东西南北方向各鞠了一个躬，说见笑，见笑。他的用意是不想让潘大海往下说。会场上出现一阵骚动。坐在马骏旁边的老画家轻声骂了一句：不知羞耻！马骏不了解张木虎获了个什么样的奖，更不清楚潘大海所说的"含金量"，所以无动于衷。这是他平时的为人之道：事不关已，高高挂起。

潘大海等会场上平静下来后又说，考虑到木虎同志政治方向坚定，艺术上也很有成就，以及他在我省美术界的影响，文联党组根据大多数美协会员的意见，建议木虎同志参加筹备组领导小组的工作。

会场上响起一片唏嘘声，不知是对潘大海的解释不明白，还是对这样安排张木虎有意见。马骏旁边的老画家低声嘟噜一句：强奸民意！还大多数美协会员呢，我怎么就不知道。说完，问马骏，小马你知道吗？他的年龄长马骏二十多岁，历来都是以小马称呼马骏。

马骏无奈地笑笑，没有回答。就在这个时候，柳树开口了。他是筹备工作领导小组成员，排名在前，加上省美术馆副馆长兼办公室主任这样一个位置，以及他平日做人的圆滑，在北方省美术界的话语权很重。所以他一开口，大家都把目光转向了他。他说，今天到会的有我尊敬的前辈，有成就比我大的同行，说句实事求是的话，我和张木虎老师共事多年，对他的领导能力、学识、艺术修养都很敬佩。说到这里，他停顿了一下，偷偷地看了马骏一眼，见马骏的表情很平静，才又接着说道：文联领导的决策非常英明，我举双手拥护！说完，胸脯起伏了一下，仿佛如释重负地吐了口气。

柳树讲完后，筹备组的其他一些人先后发言，大多三言两语表个态度。眼看就要轮到马骏了，潘大海却宣布茶歇十分钟。会场上的人有的上卫生间，有的到外边去抽烟，有的三三两两聚到一起瞎聊。马骏坐着没动。柳树端着一杯茶走过来，说老师您喝茶，然后就挨着他坐下，四下扫了一眼，低声骂道，操，张木虎真不要脸，没选上筹备组成员，到处活动进了领导小组，也不知潘大海收了他多少好处！

马骏白了他一眼。

柳树明白老师看不惯他的做法。当面一套背后一套是马骏历来反对的。于是，他解释说，会前那个会上，宣传部的领导讲得很明白，张木虎是参加筹备工作领导小组，不是筹备组。换届筹备组成员需要我们举手，领导小组是上边定，谁反对？反对又有个屁用？

烟斗嘴在马骏嘴上转了几圈，看样子他想说话，却在犹豫。

柳树说，听说省委一个领导指示要让张木虎进美协的班子，还放了话说，文联党组织这种事情把握不了，那就值得考虑考虑这个班子的执政能力了……

马骏取下叼在嘴上的烟斗，吭吭两声，问：秋秋画展的事筹备得怎么样了？

马骏就是马骏。他要求学生做到的，自己首先做的。柳树了解自己的老师对人事上的事从来不关心，也不喜欢背后说别人的不是。他回答说时间已经定下来了，公告也发了。秋秋说第一个要感谢的是老师您。您的一幅画帮她解决了大问题。

马骏说，没那么夸张。他嘴上这样说，心里却一阵疼痛，不是疼给万秋那幅画值多少钱，而是为艺术到了折腰的地步疼。

张木虎笑眯眯地走了过来，握着马骏的手说，老马，谢谢你给我投赞成票啊！

马骏一愣。柳树忙接上说，我老师前些天就给我说过，美协换届筹备工作上的事，要多听张木虎这样有影响的同志的意见。他说着，看了马骏一眼。马骏既不好认定也不好否定，好在嘴里含着烟斗，嗯啊一声含糊了过去。

张木虎又要和马骏旁边的老画家握手。那个老画家说，我刚从卫生间出来，怕手不干净。张木虎说，没关系，没关系。我是想告诉你老人家，省里这次组织到欧洲几个国家考察，我向省领导建言，给省美协争取了几个名额，准备组织几个画家一同去采风，并且和欧洲艺术家交流，回来再办个展览。我推荐了您！

那个老画家的目光在张木虎的脸上停留了足足有一分钟，突然站了起来，把张木虎紧紧抱在怀里，深情地说，木虎老弟，就凭你办事这公道的劲儿，我赞成你当美协领导。

张木虎朝马骏挤了挤眼皮。

打那时到散会，马骏都没再和那个老画家说一句话，也没看那个老画家一眼。他突然觉得那个老画家身上散发着一股子特别的气味，再和他一起多待一会儿就会恶心地呕吐。出了会场，柳树一直送他到停车场。他人上车后，柳树给他递了个眼色，示意他看看左边。他一眼就看到那个老画家坐的奔驰车驾驶位子上，是一个年轻漂亮的女子。柳树感慨地说，他又认了个干闺女，也不知是第几个了！

马骏说办好你自己的事吧！秋秋的画展别出差错了！

柳树连连点头，老师您放心，您放心。

马骏的车已经发动。他不经意地朝窗外看了一眼，见方正指挥着几个随从，热火朝天地忙着从一辆奔驰商务车上往下取提袋，笑容可掬地分送给与会的人员。他心里想，妈的，这种人也掺和进来，把艺术变成商业市场了！

四

差错还是出现了。

金骏马

　　这天早晨，马骏正在书房读书，门铃响了。他开始没听见。他读书时十分专注，妻子活着的时候曾评价他读书"忘我"。有好多次他看到扣人心弦的章节时，妻子喊他吃饭，他说等一会，看完这一页。过了一会，妻子再喊他，他说你先吃吧，我看完这一页。最后妻子没办法了，吃完饭，给他留好，上班走了……他早晨读书的习惯始于内蒙古插队时，兵团纪律很严，上班时间不仅不允许看书，连带书都要挨批评。晚上，十几个人的大宿舍里打牌的打牌，吹拉弹唱的吹拉弹唱，看书看不进去，所以他每天比其他人早起两小时，用这个时间读书。多少年来，已成为他雷打不动的习惯。在他看来，一个艺术家首先要是个学问家，最起码也要是个读书人，博览群书，博古通今，才能博采众家之长。熟悉他的人都知道他这个习惯，不在这个时间来打扰他。他对这个时间来找他的人也不客气。

　　门铃再次响起的时候，他听见了，可是没理。他想，人家没反应，你总不至于无休无止地摁铃吧？没想到来人坚忍不拔，屋里人一次没反应，接着再次摁门铃，最后索性不停顿地摁。这下，马骏恼火了，开了门就嚷：还让人活不活了……一句话说出口，他目瞪口呆。站在他面前的万秋头发蓬乱，神情疲惫，目光还显得有些慌张。他意识到可能发生了什么事情，忙把她让到屋里。

　　万秋一坐下就开始抹眼泪。

　　马骏问：出什么事了？

　　万秋说：老师用您的话说，还让人活不活了？我这边热火朝天地忙着，孩子中考都没时间操心，眼看着万事俱备了，师哥一个电话告诉我，我的画展时间要往后推迟。

马骏冷静地问：他没说什么理由？

万秋啪啪地拍了下茶几，理由，理由！这年头有权的人办事还给你讲理由吗？

屋子里沉寂了几分钟。烟斗在马骏的嘴上转着，转着。

万秋到卫生间里洗了把脸，出来后先从包里掏出一包黄金叶点燃了一支，狠狠地抽了几口，才又接着说，我开始还以为师哥给我开玩笑呢。老师您想想这怎么可能？我没功夫和他开玩笑，他再来电话我就不接了。

万秋的老公是个内科医生，对艺术是门外汉，加上工作忙，帮不上万秋的忙。画展的事全靠万秋一个人跑来跑去。第二天，万秋的老公下班回家，拿来一张省报，指着报上刊登的省美术馆画展公告给万秋看，不解地说，同一个时间、同一个展厅办两个画展，是联展？你们美术界怎么这样办事？万秋接过报纸一看，不以为然地说，可能是报纸印错了。你没听人说报纸上的话不能信？话是这么说，心里不踏实，她还是给柳树拨了个电话。柳树肯定地告诉她，报纸没搞错，只是没把你的画展公告及时撤下来。你的画展时间的确推迟了！万秋哇地就哭出了声，师兄你这个玩笑开大了！我已经开始布展，请柬已发出去了，该花的钱也花了……柳树说我也没办法，这是上边压下来的政治任务。万秋急了，冲柳树吼起来：我和你们省馆有合同。你们单方面撕毁合同，我可以上法院告你们！

柳树嘿嘿一笑，万秋你以为你是谁？说完就挂断了电话。万秋再打过去，他已经关了机。

万秋那才叫急，急得失魂落魄。她老公劝她说，我早就劝你给柳

金骏马

树送点，你不是摇头晃脑就是吹胡子瞪眼对我。看看，让我说对了吧？你以为人家柳馆长和你是师兄妹，你们这种关系说近了是你们老师面子，说远了八杆子打不着。一辈子同学八辈子亲，那都是老皇历了。我们院长是我大学同班同学呢，逢年过节不照样给我打电话，名义上说问我过节好，实际上赶着我给他送红包！有一年节前我忙没及时送，过了年见了他一脸不是一脸，差点儿把我的科主任给撸了！

万秋不服气，他想要怎么不明说？

她老公笑了，你呀！真是个涉事不深的大丫头，这种事还有明说的呀？

万秋说不行，老师知道了会骂我。

她老公说你得了吧！你怎么知道你老师不做这种事。他不送现的我信。他一幅画值几十万几百万，送多大的红包顶得上他送一幅画？

万秋恼了，不许你这样讲我老师。我老师从来不干歪门邪道的事。话是这样说，她也不好再坚持己见。两口子商量了大半天，颇费脑筋。直截了当给柳树钱吧，怕柳树不敢收，再说也不知道该给多少；给他送烟酒茶，又觉得礼太轻拿不出手，起不了作用。她老公突然想起什么，从包里取出一个信封，说是给一个老领导做手术，老领导的子女送给他的一幅画。取出画一看，两口子哭笑不得，原来是马骏的一幅画。万秋说，这幅画是老师前些年画的，柳树肯定喜欢。

到了柳树办公室门口时，万秋心里还七上八下，怕师兄骂她。没想到柳树看了那幅画，马上笑逐颜开，连声称赞说，绝版！马骏的绝版之作，太难得了。说着，看了万秋一眼，有人说老师爱美女，我还不信。今天我算信了。

万秋明白柳树的意思，红着脸解释说，不，不是你想的那样。她不能说这幅画是她老公收的礼。那样把她老公卖了。她赶忙转了话题，师兄，我的画展时间还变吗？

　　柳树脸上的笑容瞬间即逝，这个，这个，我协调协调再告诉你吧。

　　马骏听万秋讲完，神情越来越严峻。

　　万秋小心翼翼地说，外边人都说师兄是有名的"三都"：什么人的钱都敢收，什么样的礼物都敢拿，但是什么事都不办。

　　万秋以为马骏会给柳树打电话，帮她说说话，最起码帮她问个究竟，让她心里踏实一些。而马骏没有。直到她告别，马骏一句安慰她的话也没说。这不免让她心里有些失望。

　　其实，马骏是不想当着万秋的面给柳树打电话说事，万秋前脚出门，他就拨通了柳树的电话，直截了当地问他：万秋画展的事是谁在折腾？

　　柳树好像早已猜到万秋会找老师告状，也早有准备，平静地回答说，老师，谁也没折腾她。是馆里临时接到一项公益画展的政治任务，时间冲突了。

　　马骏没问他什么政治任务。他不关心这个。他说你们谁的也不撤，偏偏就撤她的……

　　柳树说，老师您不是不了解我们馆的情况，就那几个展室，在那个时间段里，有张木虎从艺五十年的画展，有孙副书记推荐的、方正牵头的民营企业家的画展……

　　马骏打断他的话，我听明白了，你小子是柿子专拣软的捏。万秋她一个女同志，又在基层工作，在省美术馆办一次个人画展容易吗？

你知道这样对她的打击有多大吗？停顿一下，他取下叼在嘴上的烟斗，又说，你那个美术馆是艺术阵地，不是书画市场，也不是商场，更不是官场。说完，他气愤地挂断了电话。

马骏很久没有发过这么大的火了。他是北方省美术界公认的有修养的人。有的画家，别人批评一句就暴跳如雷，老虎屁股摸不得；有的画家，为了一个艺术观点争吵不休，互不来往不说，私下里不放过一切机会攻击对方……马骏不是这样。他好话坏话都听得进去，和任何人也不发生矛盾。虽然他的脸上很难见到笑容，但是也很少看到怒容。这一次，他为了学生的画展对另一个学生发了火。很快，他就意识到自己不该对柳树又吼又叫。柳树自然有他的难处。他正在考虑要不要给柳树打个电话，算是赔礼道歉也好，作个解释也好，不能让他觉得老师偏向一方。正在这时，柳树的电话打进来了。柳树先是一番检讨，这事我早应当给老师您汇报，就不会让老师生这么大的气。我隆重检讨，隆重检讨！

马骏说，我也不该对你发火。

柳树说，老师您知道，每年这个时间段办画展、搞笔会的扎堆，还有各种各样的研讨会、大赛，忙得我晕头转向。我媳妇都说我脑子进了水……

接着，柳树告诉马骏，一位刚从市委书记岗位到省政协任职的领导，这次想在省美协弄个名誉主席。但是美术界的人很多与他不熟悉，所以，得在换届之前办一次画展。省委孙副书记发了话，美术馆和美术馆的上级部门敢不服从？

马骏觉得心里热烘烘的，仿佛一堆干柴刚刚被点燃，火苗正在窜他把手机丢在茶几上，任凭柳树在那边不停地解释也不搭理，在客厅里转了一圈，又转一圈，再转一圈。他感觉自己就要崩溃了。

腾。他喝了一口水，尽量不让火气扩大，平静地说，你们这样做就不怕全省美协会员投反对票？

柳树沉默了片刻回答说，老师，说句你可能不爱听的话，咱美协会员中像您这么正直的还有几人？多数像张木虎那样见风使舵，见钱眼开。我听说那个老书记的画展中的大多数作品是张木虎给修改的，有十几幅是张木虎画的，署的那个老书记的名字。画展的赞助钱是方正出的。方老板就是在那位领导市委书记任上发了财……

马骏噌地站了起来，由于用力过猛，身子向前倾斜了一下差点儿摔个"嘴啃泥"。他把手机丢在茶几上，任凭柳树在那边不停地解释也不搭理，在客厅里转了一圈，又转一圈，再转一圈。他感觉自己就要崩溃了。

柳树还在那边喋喋不休地解释。老师你帮我给师妹说说，不就是晚几天再展吗，又不是不展。遇到这种特殊情况，我也没办法啊！

马骏大概累了，回到座位上，重新拿起手机，问：方正给万秋的赞助也撤了吗？

柳树说没有。方正说了，万秋要是不折腾，他给万秋的赞助再加一倍。

马骏叼在嘴上的烟斗掉在地上，咯嚓摔成两截。

五

万秋把省美术馆告上了法庭。这不光是马骏没想到的，也是柳树没想到的，整个北方省美术界也没想到。柳树对马骏说，接到法庭的传票，我的手都哆嗦，不知是气还是怕。这是省美术馆第一次接到法

金骏马

院的传票。

更重要的是这件事发生在省美协换届之前。万秋告的是省美术馆，但牵涉的却是一批在美术界有地位有影响的人。因而，有人说万秋的背后是马骏，是马骏指使万秋给北方美术界泼脏水，搅混北方美术界，然后自己混个省美协主席当当。于是，各种各样的议论随之而来：马骏是北方省美术界最大的伪君子，表面上、嘴上说不想当美协主席，其实多年来都想这个位置，如今的美协主席绝不仅仅是个名誉，而是和经济收入挂钩，主席和副主席、理事的画一平尺的价格相差不少；马骏和万秋早就有不正常的关系。他白天是她的老师，晚上是她的情人，如果没有这层关系，他凭什么对万秋那样好？柳树也是他的学生，挑动一个学生告另一个学生，老师的品质显然有问题……

马骏听不到这些议论，但是能感觉到。流言蜚语在某种程度上和流行音乐一样，能让人感受到其影响。马骏对此并不在意。你们把别人当成随意宰割的小绵羊，还不兴别人蹬歪蹬歪，那这个世道的公平从何体现？而没有公平的世界能和谐吗？一伙子人凭借权力、权威、权势压制另一伙子人，另一伙子人自然不会随便服软。当然他也很清楚，自己实际上是在默许万秋，默许就是一种支持的态度，或者说是一种支持的方式。同时，他心里也为万秋叫好。这个平时看上去温柔敦厚的女画家，竟然在自己的权利受到侵犯时敢对簿法庭，是他过去没想到的。省美术馆、省美协的的确确该让万秋用这样的方式来冲击一下了。本来是艺术净地，让一些唯利是图之辈搞成了名利场所甚至腐败的温床。这样下去，艺术何谈生命力？他突然萌生了一个想法，支持万秋进省美协！

其实，万秋告状的理由很简单：省美术馆违约，单方面撕毁合同。

消息一经曝光，马骏接到这方面的第一个电话是张木虎打来的。张木虎开门见山，问他事前知不知道万秋要起诉省美术馆？马骏没正面回答，反过来问他对这件事的态度。张木虎的回答让他大吃一惊。我已经给万秋发过短信，又打了电话，我强烈支持她！我们这些画家只顾着埋头画画，没有维权意识，谁想欺负我们都能欺负。万秋这一炮放得好！

马骏问：美协其他人的意见呢？

张木虎更气愤了，有些人你还不了解？压根儿就没把画画当成艺术，只是升官发财的工具。他们当然怕官府怕当官的。美协、美术馆说起来是群团组织、展览场地，其实官气十足，还一身铜臭味。老弟不瞒你说，我早都看不惯了。要不是柳树是你的学生，我他妈……嘿嘿，嘿嘿嘿……

潘大海是登门拜访的。他一坐下就摘下眼镜，从茶几上的纸巾盒里取出几张纸巾擦拭。第一遍擦拭完了，举起来看了看，发现还有尘粒，把镜片放在嘴边哈了口气，又掏出几张纸巾再擦拭。马骏看不惯他这种习惯。你想找人家谈事，又没考虑好，这本身毫无疑问是对人家不礼貌！

马骏又换了一只新烟斗，红木的，质地、造型都称上乘。这只烟斗有拳头一样大，把他的表情遮盖三分之一还多的面积。画了那么多年画，他悟出一个道理：人是需要伪装的，没有伪装就会被动。此刻，尽管潘大海把镜片擦拭得锃亮，也很难看清他的真实表情。

吭，吭，潘大海开口了。老马，马老师，你两个学生掐起来了。

金骏马

这事你不会不知道吧？

马骏没吱声。

潘大海两手一摊，何必呢？古诗说得好：本是同根生，相煎何太急！这样对你当老师的面子也不好嘛。

马骏说，我没感觉有什么不好啊?!

潘大海笑笑，我是说影响，社会影响。省上一位领导昨天见到我时对我说，老潘啊，马老师是美术界有影响的重量级人物，这回还可能出任省美协领导职务。他这两个学生真不争气。他一边说，一边观察着马骏的眼睛，想从他的眼神看出他内心的想法。人的眼睛和嘴巴一样，是人的情绪泄密的通道。

马骏还是和过去一样不想让废话浪费自己的时间。他说老潘你是无事不登三宝殿，有什么想法就直接说吧。

潘大海说，那我就直说了。你能不能给万秋说说，让她撤诉。

马骏没吭声。他不吭声就表示让潘大海继续往下说。潘大海早有准备，接二连三地说了三条理由。第一，合同是美术馆和她定的，这不假；可换展是上边定的，她一告美术馆不等于把领导也告了？第二，美术馆并没有说不给她办展览，只是换了个时间而已，这是经常发生的事情，也很正常；第三，她和柳树都是同门师兄妹，撕破脸皮，搞得沸沸扬扬何必呢？潘大海自以为这三条理由足可以说服马骏，让马骏做做万秋的工作。马骏听后沉默了一会，烟斗里发出"丝丝"的声音，说明他在思考。

潘大海扬着脸，笑眯眯地等待着马骏表态。

马骏说，如果就这么几条理由，你可以直接给万秋说，也可以让

他今天才第一次发现，人的笑容有着本质的区
别，潘大海此刻的笑容就让人生厌。

柳树给她说。这孩子不是那种存心跟谁过不去，故意找茬子的人。

潘大海的脸上掠过一片阴云，不过稍纵即逝。他说柳树跟万秋谈了。万秋听不进去，后来连柳树的电话也不接了。你说说，不就时间早晚，又不是生孩子……

马骏取下烟斗，起身到卫生间吐了口唾沫，返回身后问潘大海，哪个展览都不能往后推日子吗？为什么就一定要把万秋的展览往后推？你知道她一个女同志办这么大个展览不容易。

潘大海还是笑眯眯的，话却硬了起来。老马，你也得替柳树他们想一想吧？这对他来说是一道坎啊！

马骏眼睛一瞪，怎么，还能撤了他的职？

潘大海"扑哧"笑出了声，没那么严重！接着又是几个但是，但是，但是……省美协副主席这个职务恐怕花落他家了。柳树为了这个副主席的职务可没少了做工作。

有什么意思?! 马骏恼火地说，画家是靠自己的作品说话的。要说作品，他这几年进步还不算小，可就是钻窟窿打洞拉关系这一点我就看不惯。你就是当了美协副主席，拿不出好作品还不是白搭。

这回轮到潘大海沉默了。他沉默时脸上仍然笑眯眯的，眼角边的皱纹像微风吹动的涟漪。马骏神情专注地看着潘大海的笑容。他今天才第一次发现，人的笑容有着本质的区别，潘大海此刻的笑容就让人生厌。潘大海好像从马骏的目光中感觉到了点什么，下意识地摸了摸脸颊，拿到眼前看了看，见并没有什么不干净的东西，才不好意思地说，老马马老师，你有理由支持万秋，也有理由支持柳树。俗话说的好，手心手背都是肉！

马骏抽了两口烟斗，欲言又止。

潘大海见再聊下去不能在马骏这儿得到什么结果，只好起身告辞。临出门时，他从包里取出一封信说，老马，柳树知道我来找你，让我带了一封信。说完，顺手放在门后的鞋柜上。

马骏目睹着潘大海上了汽车才转身回到屋里。他犹豫了一下，打开了潘大海留下的大信封，刚看了几眼，他的呼吸突然加速，接着眼前一阵昏眩，身子像风吹的树叶晃了几晃，差点儿倒在地上。

六

万秋赶到医院时，马骏已经从重症监护室转到了普通病房。不过，马骏还很虚弱，脸色白得像一张纸，喘息也有点儿不均，一看就像刚在生命线挣扎、折腾累了的病人。万秋跪在马骏的床前，失声痛哭，老师，老师，对不住，让您为我承受的苦难太重太重了。

马骏摇头。他指着床前的板凳，示意万秋坐下说话。

万秋站起身，但就在床前站着，眼眶里泪水还在打着转儿，胸脯仍然一起一伏，好像里边有什么东西被堵塞住了，想吐又吐不出来。过了一会儿才说，老师，我已经撤诉了，也撤展了。看明白了，一次展览也不能代表一个人的水平，更不能代表一个人的一生。我要坚持画下去。

马骏说这就对了！

这时，门闪开了一条缝，柳树的脑袋探了进来，老师，领导来看您了！

他的话音刚落，门被推开了。第一个进来的是马骏的主管大夫，他向马骏介绍着随后进来的人，院长、院党委书记、卫生厅长……他们一个个热情地和马骏握手。马骏心里正感到诧异，院长开口了，马老师，前几天我一直在外出差，没能及时过来看望您，照顾不周，还请您多多海涵啊！

马骏说，很好很好。

院长说，我们打算给你换到高干病房去，那里也是刚腾出一个病房。现在就搬吧。

两个护士推着轮椅进来了。

马骏现在的病房住着三个人，而且没有卫生间，上厕所要穿过长长的走廊去病房楼的尽头公共厕所。他对此没有介意。他说，算了，这里就挺好。再说我又不是高干，住那里别扭。

院长看了一眼马骏同室的两个病友，低声说，条件好一些，也方便首长来看您。

马骏不以为然，首长？

柳树凑到他耳边，老师，省委领导要来看您……

马骏愣怔了一会，然后一个骨碌从床上下来，握着院长的手，恳切地说，院长，请你告诉我，我还有多长时间？

院长瞪大眼睛看着马骏，又看看周边的人。周边的人也都莫名其妙地看着马骏。马骏见院长不回答，又握着主治大夫的手，问：大夫，你实事求是地告诉我，我还有多长时间。我得准备准备呀！

柳树说，老师，来的省领导你认识，不需要做什么准备。

马骏白了他一眼，说我是问我还能活多久？别人不了解而你很清楚，我还有没完成的心愿啊！

屋子里的人都出了一口气，笑了。院长说，马老您过虑了。给您做的搭桥手术很成功。不是夸海口吹牛皮，保您长命百岁没问题。

马骏显然不信。他说，我要办出院手续出院。说着就要收拾东西。万秋也给他帮忙。柳树急了，冲万秋吹胡子瞪眼地吼道：万秋你跟着瞎折腾什么？你不知道咱老师还不能出院？

万秋没好气地回应了一句，你又不是医生，你说了不算！不是在你的美术馆，你让谁展谁能展，不让谁展谁就不能展。

柳树的脸腾地一下红到了脖子根。他朝院长点了点头，院长又向两个护士点点头。两个护士一左一右搀起马骏就向外走。马骏好像突然患了软骨病，浑身上下失去了力量，任凭两个护士摆弄。万秋想上前阻拦，柳树粗暴地推了她一把，把她推倒在马骏的病床上。等到她爬起来，马骏已经被前呼后拥的那群人架出了病房。不过，院长没有跟着出去。万秋以为是在阻拦她，生气地问他：你们这是不尊重病人的权利，我要替我老师向媒体反映。

院长没有正面回答，笑容可掬地问道：你就是万秋，北方省第一美女画家？

万秋没理他。她心里现在装的全是老师，所以就向外走。院长并没有阻拦她，而是跟在她身边，边走边说，小万，不，不，万老师，我仰慕你很久了，只是一直没有机会见面。

万秋没理。

院长又说，我收藏了你几幅画。不瞒你说，我家里连你老师的画都没有挂，就挂着你的一幅水仙。你画的水仙真是活灵活现，十分逼真，就像从墙上长出来的一样。

万秋停下脚步，严肃地问：院长先生你想说什么就直说吧。

院长有点不好意思，扶了扶眼镜架，没什么，没什么。我就是喜欢你的画。又说，我非常尊重你们这些搞艺术的人。

万秋嘲讽地说，是吗？那你为什么不尊重我老师的意愿，强行让他搬病房？

院长说，那是两码事。你老师一定误解了我的一片好心。实话说，高干病房在咱北方省最起码得副省级领导才能住进去，文联那些头头脑脑都没资格。潘大海你认识吧，他几次住院想进高干病房，给我送画，送礼，我都没同意。

万秋心中惊诧：天下还有这种人，对一个自己不熟悉的人讲什么送礼收礼。没想到，院长往下的话更让她目瞪口呆。院长告诉她，省卫生厅一位副厅长因年龄大了，下个月就要退休。医务界传说有两个候选人，其中就有他。他说，现在的规矩我也明白，你专业再好，能力再强，不跑不送也没用。我手里有张马老师的画，但我对这是外行，拿不准是不是马老师的真迹，想请马老师给鉴定一下。

万秋问：你那幅画是谁送给你的？

院长的脸红了，吞吞吐吐地说，不是谁送的，是我两年前买的。

在哪买的？万秋又问，你得给我说实话，我才能判断那幅画是真是假。

院长说我在人艺画店买的。八平尺要了我八万。

万秋在心里冷笑了两声。她清楚老师的画两年前已经卖到十万一平尺。八平尺才八万，而且是在省城最大的人艺画店买的，明显就是说谎。人艺画店从来不做这种事。她突然想起方正在省城开了一家医疗设备公司，专门做医疗设备。有一次她母亲生病需要做手术，方正说过帮助联系省第一人民医院。他还拍着胸脯说院长是他的铁哥们。也许院长手里的那张马骏的画就是方正送的。不过，她没有挑破。世界上最厚的一堵墙是人的脸皮，因而才有人们形容某人脸皮厚时用"脸皮比城墙还厚"一说。

万秋和院长到了高干病房不久，省委孙副书记就到了。陪同孙副书记同来的有潘大海、张木虎等。好像事前有安排，孙副书记一来，柳树、万秋这些人都被孙副书记的秘书请出了病房。柳树趁这个机会对万秋说，万秋谢谢你撤诉。

万秋说，我不是为了你，也不是为了你们省美术馆，我是不想让老师为我担心、生气。

柳树说，不管怎么说也得谢谢你。我已经给方正说了，他赞助的费用不退，放在那里给你的画展用。我还让他追加资金，把你的画展办得隆重些。

万秋说，我办画展是交作业，和你们不一样……

柳树心事并不在和万秋交流上，更谈不上交心。他的目光一直盯着马骏病房的门，手机响了几次他都没接，好像生怕误了什么事情。果然，孙副书记一出来，他赶忙迎上前，毕恭毕敬地给孙副书记领着路，而且再也没有回来。

病房里剩下万秋和马骏两个人。万秋问：老师，你怎么刚才那么紧张？

马骏说这还不明白？你生病住进医院，领导来看你，说明什么？

万秋摇头，说明什么？

马骏说，那就说明你快不行了，领导来给你作最后一次告别。我媳妇生病住了几个月的院，她那个院长从来没来过，有一天来医院看望她，她第二天就走了。

万秋说，噢。

马骏又说，你没看电视和报纸的新闻上说，某某临终前，某某领导，某某领导到医院给他送别。

万秋恍然大悟，老师您不用担心。我觉得领导来看望您，一是因为您名气大威望高，二是因为想动员您出任省美协领导职位。

马骏问：你怎么知道的？

万秋说，猜都猜得到。

马骏笑了，你真是个人精。孙副书记刚才动员了我大半天，光重要意义就说了一大堆。其实你说说，一个省美协主席让谁当有那么重要吗？

万秋说，老师，还真重要。你是名画家，有面子；但美协主席是领导，有权力。你要是美协主席，他们能撤你学生的画展吗？

马骏没吭声。

七

省美协换届候选人名单出来了，潘大海拿着名单来到马骏家里，说是和他"通通气"。让马骏想不到的是，他并不是美协主席候选人，而是名誉主席。省美协主席的候选人是潘大海。张木虎、柳树等都在副主席候选人之列。这一次副主席、常务理事、理事比过去任何一届都多，而且有几个他不熟悉的名字。潘大海不厌其烦，一个一个地给他解释。甲是省委宣传部的某处长，乙是省政协某中心主任，丙刚从某市市委书记任上退下来，丁是……

马骏不时皱着眉头，目光越来越严峻，当方正的名字跳进他的眼帘时，他忍不住问了一句，是那个地产商吗？

潘大海点点头，笑着回答：是，是！他虽然是个商人，但对艺术比较执著，一直坚持画画，上个月在省人美刚出了一本画册，反响还不错。

马骏的手抖动起来，印着名单的那张纸刷刷地响了一阵落在地上。他说，这，这还叫美术家协会吗？

潘大海笑了，马老师，你对哪个候选人有意见，可以明确说出来。

马骏说，我，我……

潘大海的眼睛眯成钩子，盯着他的眼睛，好像要从他的眼睛里挖出什么秘密。

马骏气愤地说，这些人要进美协，我就退出。

潘大海的笑容凝固了。

马骏在地上走了一圈，又走了一圈，脚步好像汽车的刹车失灵控制不住。潘大海的目光跟着他的脚步转动着，仿佛在欣赏一场马拉松赛。马骏终于停下脚步时，潘大海才问他：马老师，你的意见要不要我给筹备组领导反映一下？

马骏没回答。

潘大海指着名单说，你看是不是建议把张木虎换下来？圈子里对这个人的反映的确不怎么样。

马骏还是没回答。

潘大海又问：柳树，你对柳树没意见吧？

内中称最近查处的几位腐败官员家中都藏有马骏
的画，送画者有的是求官，有的是求工程，有的是求
子女工作……

马骏突然拍了桌子，这帮子人里也就柳树年轻，有作为……

潘大海的笑容一下子凝固了。他不明白马骏为什么对柳树的态度来了个一百八十度的转变，说起柳树的好话来。

马骏自己也不明白。生病住院前他收到的柳树转来的信，不是一封普通的信，而是检察院的一份公函，内中称最近查处的几位腐败官员家中都藏有马骏的画，送画者有的是求官，有的是求工程，有的是求子女工作……检察官希望马骏能对这些画的真伪做个鉴定，以便给腐败官员定刑。柳树在信中说，潘大海的、张木虎的，包括他本人的画连这种资格都没有……马骏当时的感觉就像被人强奸了，所以一气之下心脏闹病住进了医院。

住院和出院后的这段日子里，他没有再动笔，省里一次大型美展，他也没送作品参展。有的网民惊呼：金骏马是不是不在人世了？可惜啊可惜！史向前也给他打来电话，开口就把他炮轰一通：老马你小子真打算封笔了？你媳妇九泉之下有知，会为你难过的！

其实。马骏在犹豫不决。

就在昨天晚上，柳树来家看他，告诉他说事情都摆平了。他开始一惊：什么事情摆平了？

柳树吞吞吐吐不愿说。

马骏急了，用烟斗敲了敲他的额头，你小子别在我面前玩深沉，有话就明说。

柳树说，检察院的同志去美术馆找你三次，都让我给挡了。我说我老师只管画画，至于买他画的人是挂在自己家墙上还是收藏起来，或者是送了什么人，一个画家怎么知道那么多。再说，这价位也不我

老师定的，是艺术市场定的，供需关系嘛！

　　马骏说你不用挡，我自己去说。他的工作单位是美术馆，检察院的同志是通过组织找他的。他觉得自己有责任配合检察院的工作。柳树一听他的话急了，从沙发上跳起来，冲他瞪着眼叫了起来：老师我是维护你的威信你懂不懂？我是在保护你的名誉你知不知道？

　　马骏从没见过柳树用这样的态度和他说话。他一时不知所措，愣怔地看着柳树，喃喃地说，我也可以像你那样对检察院的同志说明白啊！

　　柳树说你说不明白。再说了，你不能帮他们做鉴定。一般来说画家不为自己的画做鉴定，因为不好鉴定。

　　马骏摇摇头，表示不明白柳树的话。我的画我还鉴定不出真假来？

　　柳树说，你想想，你要是鉴定画是真的，那等于给那些手中存有你的画的官员定了罪。你要是否认不是你的画，那就等于是做伪证，要承担法律责任。

　　马骏这下子明白了。他咬着烟斗沉吟了半天，在送柳树出门时才说了一句，要是他们再找我，你就说我的病还没好而且又重了。

　　此刻，他猜得到潘大海内心的真实想法。在北方省美术界，他马骏疾恶如仇，敢于直言是出了名的，其次就是柳树。古人说艺高人胆大。你批评别人的作品，指出别人作品的不足，必须说到点子上，也就是说你必须具有比你批评的人更高的真才实学。真才实学从哪里来？一个重要的方面是博学。据他所知，那些小有名气的画家们大多忙于参加各种各样的笔会、活动，一遍遍地复制加工作品，很少抽时间读书；而有些官员画家甚至连书画艺术类的书都没看过一本。相比之下，长期受他薰陶的柳树还读了不少书，并且一直坚持读书。如果柳树被排挤出美协领导的行列，北方省美术界振兴的希望会更渺茫。想到这里，他对潘大海说，我的学生我了解。柳树是有这不足那不足，但就艺术造诣上说，他并不在我之下。

潘大海说，那是，那是，名师出高徒嘛！还有一句古诗叫什么，什么青出于蓝而胜于蓝，是吧？不过，我最佩服柳树这小子的是他的领导能力。有的事我都觉得棘手，到他那儿就能摆平。

马骏明白潘大海话中的意思。他本想说自己是哑巴吃黄莲有苦说不出，到了嘴边又咽了回去。潘大海也没给他说话的时间，接着又介绍了其他几个候选人的情况。不知是马骏没开空调，屋子里又热又闷，还是潘大海心里有火发不出来，他的额头上冒出一层密密麻麻的汗珠。

潘大海停下一会儿，马骏才问：完了？

潘大海嘿嘿一笑，完了。

马骏又问：就这些人？

潘大海又嘿嘿一笑，点点头说，就这些人。想听听你的意见。

马骏皱着眉头，说我有意见，年轻人少了。柳树最年轻，也四十大几了。

潘大海问：你的意见是？

马骏叼着烟斗想了一会儿。潘大海解释道，这是征求意见名单。孙副书记再三强调要广泛征求意见，尤其是要听老同志的意见，还专门提到了你。孙副书记说，金骏马可是咱北方省美术界真正的骏马啊！

马骏的嘴里吐出两个字：老马！

潘大海说，孙副书记说了，潘大海你别给老子抖！如果不是金骏马再三推辞，这北方省美术家协会主席的座位轮不到你坐。

马骏无动于衷。他的目光全神贯注地看着墙上的一幅画。那幅画是万秋为他即将到来的六十岁的生日而作的，前天刚送来。画面上是一棵大写意的松柏，顶天立地，名字也很简洁：松骨。他非常喜欢这幅画。不是因为万秋称他有松骨一样的精神，一样的气度，一样的风格，是因为万秋运笔有神，结构完美，体现了她的艺术水平。潘大海好像悟出了什么，笑了笑，老马，马老师，我知道你的意见了。

马骏取下烟斗，朝茶几上一放，搓了搓手说，我没发表意见啊！

潘大海哈哈大笑。马骏也哈哈大笑。两个男人的笑声虽然同样豪放，但因为笑声发源的地方不尽相同，所以笑声也融合不到一起。

八

省美协换届、万秋的画展、检察部门要求鉴定画的真伪……一连串的事情让马骏心烦意乱。他给远在美国读书的女儿打了个电话，告诉她要去她那里。女儿十分高兴，爸，你是来美国搞画展吧？

马骏说，我好多天没画了，没有新作品，再说，我打算封笔了。

女儿在电话那边笑了，金骏马封笔了，不画了，说出来全世界的人都不信。

马骏烦了，你到底欢迎不欢迎老子去？

女儿听出他着急，没再打破砂锅问到底。可是放下他的电话后，马上给史向前伯伯打了个电话。马骏正要上床时，史向前的电话打来了，劈头盖脸就是一通骂：马骏你小子才多大啊，就动了这样的邪念歪念。谁的画在社会上越少价位就越高，你信这个？你就不想想你的你要追一个姑娘，给那个姑娘写信，必须得瞻前顾后考虑后果。

画少了，知道你的人也就少了。

马骏知道是女儿给史向前告了状。他不好解释，也不愿解释，所以用沉默来回答。

史向前那边还嚷嚷，马骏我告诉你，不管你封不封笔，你还欠我的十八幅画必须给我，不然的话我叫你一天都不安宁。

马骏欠史向前的画是确有其事。他和妻子刚认识时，史向前帮了他不小的忙。那个时候，青年人恋爱不敢轻易迈开第一步。你要追一个姑娘，给那个姑娘写信，必须得瞻前顾后考虑后果。人家要是看不上你，或者人家已经有了心上人，把你的信朝领导那儿一交，你就可能戴上顶流氓的帽子，写检讨是小事，说不定还会挨批判。马骏那时胆子小，写了几封求爱信，见了那个姑娘的面没敢拿出来，更不敢寄给她。有一天，史向前发现了他藏在被窝里的信，骂他光有贼心没贼胆。他求史向前帮他送信。要是她不喜欢我，把信交给领导了，我可以推脱说我不是写给她的，是你偷着送给她的。可是笔迹又不是你的，也处分不到你……史向前骂他鬼点子多。不过向他提了个条件：我帮你送一封信，你以后要给我画一幅画，直到她答应和你恋爱，不用我再送信为止。那时的马骏只是个业余美术爱好者，画过墙报，给黑板报和大批判专栏画过题头，所以一口答应了史向前的要求。史向前先后帮他给那个姑娘送了二十封信，成就了他的姻缘。只不过史向前当时也没盯着向他要画。他成名后，曾主动给史向前画了两幅画，方正拿来找他鉴定的就是其中一幅。后来史向前没再追着要，久而久之两人仿佛都把这事扔在脑后了。

史向前等了一会儿不见马骏回答，嚷嚷道：你现在成大画家了，值钱了，就想赖账是不是？我告诉你马骏，你小子少给我一幅画，我都骂得你三年不安生！你自己考虑考虑吧。说完他就挂断了电话。

马骏清楚史向前并不是一定要逼着他给他画十八幅画，而是不希望他封笔。听话听声，锣鼓听音，他马骏这一点还能不明白？其实，对他来说封笔是件最痛苦的事。一个艺术上正如日中天的画家突然封笔，无疑于将自己的艺术生命自杀。但是，他站在画板前时，眼前已不再是宽广、绿色的草原，奔驰的骏马，白云般的羊群，充满激情的人们，而是飞舞的钞票，以及张木虎、柳树等一张张十分熟悉又感到陌生的脸孔。他画了一幅，没画好就看不下去，扯下来撕成碎片；又画了一幅，还是觉得不满意。他甚至怀疑自己还能不能画画。在妻子的遗像前，他默默地流了泪。

万秋来看望他的时候，他正把自己的身子埋在沙发里，痛苦地思索着。万秋看着地上一片狼藉，赶忙弯下腰帮着收拾，被他制止了。他让万秋看他最近构思的几幅草图，给他提提意见。万秋说，老师，你怎么，怎么……？

马骏说，有话就说。

万秋见他样子有点儿凶，就更不敢往下说，低着头看那几张草图。突然，寂静的屋子里响起砰砰的声音。原来是万秋的两颗泪珠滴落在草图上。要是在以往，马骏一定会勃然大怒。他女儿小时候因为弄坏了他的草图被他打肿屁股的事不止发生过一次。这回，他却好像麻木了。

老师，您，您不能……万秋哽咽着说，这哪里是金骏马的作品？

哈哈哈……马骏开怀大笑，声音又尖又高，万秋你说，你说我要是把这些作品拿到市场上还会有人要吗？我要是把这种作品送给孙副书记那些官员他们还会收吗？

万秋明白马骏的用意，一边抹着眼泪，一边小心翼翼地说，那老师你也得换个名字，不能叫金骏马了。

马骏说，我从来没承认这个名字。说完就沉默了。

万秋也在沉默。师生二人沉默了十几分钟，万秋才从书包里掏出一张她所在的城市的报纸放在马骏面前。马骏拿在手上匆匆看了一遍，又看了一遍，没看到与自己相关的新闻，不解地问：这些方块字里有什么秘密吗？

万秋指着头版上一条两行字的新闻说，我们市宣传部的那个部长被"双规"了。

马骏说，噢。

万秋吞吞吐吐地说，老师，我来是求您帮个忙。

马骏说，你是想让我帮那个部长说情是吧？我和官场上的人不来往，帮不上你这个忙。再说了，就是我熟悉他的上级领导，我也不会为他这种人说情。

万秋说，老师，检察院从他家中搜出一批现金和名人字画……

找我鉴定是不是？马骏马上想到柳树曾经给他说过的事情。他摆摆手，这事找柳树。上两次检察院的同志找我鉴定，就是柳树帮我鉴定的。我是画家不是鉴定师。柳树是画家又是鉴定师。再说了，我的那幅画是给了你，你送给他的，又不是花钱买的。

万秋犹豫着，想说，好像又怕马骏生气。

马骏其实已经生气了。他手拿着烟斗在空中比划着，这还叫人怎么搞艺术？买画的是有钱人，收藏画的是腐败分子，他们不是喜欢艺术是拿来交易。艺术成了、成了他妈的腐败的帮凶，岂不是艺术之大辱、天下之大辱！

万秋鼓了鼓勇气说，老师，那人家属说了，凭您的影响可以一锤定音。您要是坚持说不是您的画，假的，给那人定性和量刑时就会减轻。他家人说，到时候按真的价位给您钱。

马骏冷冷一笑，仰天长叹一声，说，万秋呀万秋，你怎么也让老师失望了。

屋子里的空气仿佛一下子凝固了，万秋清晰地听得到马骏粗重的喘息声。不过，她受人之托，急于成事，所以不甘心，又说，老师，圈子里也有人说您前些年卖画挣够了，城里两套房，郊区有大别墅，女儿也送到国外，存款八九位数，什么都不缺，又开始要求别人……

马骏的眼珠一下子停止了转动，紧紧地盯着万秋，脸上所有的部位也都凝固了，面色苍白，仿佛变成了一个冰雕的人，透着一股寒气。万秋见他的模样恐怖，吓得大惊失色，老师，老师你没事吧？

马骏说死不了！

万秋笑了，揉着眼睛说，老师你刚才吓死我了。

马骏说以后让你惊吓的事还会发生，你可千万别吓死，我承担不起责任。

万秋以为老师不过是说说而已。没想到两个月后她听到消息，说马骏去美国看女儿回来后，每周一天到街上摆摊画画，专门送给那些平民，有环卫工、出租司机，有洗车的、修车的、补鞋的……

原载《小说月报原创版》2013 年第 12 期

金圈子

教授姓金，名字亮堂堂的，晃眼：金太阳。

金太阳教授供职于北方音乐学院，从教四十年多年，带出的学生上千人，全省历届音乐大赛、电视歌手大赛、金嗓子奖等各类比赛中均有获奖的，有的年份甚至囊括金银铜等前几个奖项，有几个在全国都出类拔萃。有一年全省一项音乐大赛，十二个评委中有一半是他的学生，还有三个曾跟他上过课。组委会的一个人开玩笑说，金教授，音乐界围绕着您老人家已经自然而然地形成了一个圈子。您这个圈子资源丰富，是个金圈子呀！从此，"金圈子"在北方音乐界成了一个专用名词，就是在全国音乐界也声名显赫。天南海北的歌手碰到一起，一说是金圈子的，脸上都带着自豪，仿佛比别人的学问高出一大截子。前年北音搞校庆，学校操场停满了车，金太阳的学生几乎都是好车，路虎、奔驰、宝马等等。有个女弟子更不得了，开着房车来的。有一个老教授感叹地说，老金的学生不仅会唱歌还会挣钱！

当然，音乐界的竞争相当激烈，丝毫不比官场和商场逊色，想出人头地又能出人头地的毕竟寥若星辰。金教授的学生中也不是人人都能成明星成大腕，改行的还是大多数。这些学生分布在全国各地，省城各个部门，有的是宣传文化部门的领导或者骨干，有的跟老师一样从事音乐教育，有的搞起影视剧，也有的在商场上打拼……前年，金教授过六十岁生日。他在省电视台任音乐频道总监的学生周云开在省城最豪华的酒店张罗着给他过生日。那场宴席成了流水席，一拨一拨地来，一拨一拨地走，就这样还有很多人连给老师敬杯酒、照个相的机会也没轮上。

生日庆典过后，金教授的夫人鞠花用了整整三个晚上才把礼金和礼品收拾停当。折算下来，超过了七位数。金太阳实实在在地吓了一大跳，他从鞠花手上拿过账单时，手竟然有些哆嗦。金太阳不缺钱，一点都不缺，当一次评委会主任，少说也拿回个几万酬金，出去讲一次课，提包里也是装回一叠一叠的钞票。从退伍那年起，他带校外生的学费也高起来，二十分钟一个课时要两千元，那还得熟人推荐才收，而且还不是一般的熟人，得有头有脸有身份的。但那些总是有理由的，是自己的劳动所得。自己的生日收了上百万礼金，自己却什么都没付出，典型的不劳而获。这让他感到恐惧。

中国的事情就是那么回事儿，规定归规定，制度
归制度，执行起来还得因人而异，因人而改。

农民。鞠花说，农民，你以为这些钱是冲着你个人的？人家是冲着这个圈子的！这个圈子就是钱，就是前途，就是地位。有多少人拿着钱，挤破了头也进不了这个圈子你知道吗？

我知道。金太阳说，我知道，可是这些钱不还是给了我金太阳个人吗？这算不算是受……

鞠花说，屁！你的学生有的是处级厅级，出去走穴唱一首歌就几十万。反贪局还没把这类收入纳入受贿之列！你就装吧你，不跟你说了。铃铛！

铃铛说，干嘛，干嘛呀？铃铛是金太阳和鞠花的女儿，音乐学院刚毕业。

鞠花说，妈给你买辆车吧，说，想要什么牌子的？

铃铛说，我不要，我就开金教授的路虎。

嘁，女孩子开什么路虎啊？装酷是吧！鞠花说，你不要我就买房子去。

铃铛说，您都买了三套房子了，您老人家能睡多少房子？

不许说你妈老人家。金太阳说，你妈老吗？

那得看跟谁比，跟你的宝贝比是老了点。鞠花说。

金太阳有点不高兴，说，你少拿人家孩子开玩笑。

急了是吧？心里没病你急什么呀！鞠花讥讽地说。

你才有病。金太阳说。

过了60岁生日就该退休了。但这只是对一般人的规定，不适应金教授这种特殊的人。中国的事情就是那么回事儿，规定归规定，制度归制度，执行起来还得因人而异，因人而改。金教授退休的前三年，

金圈子

邀请函就像雪片一样飞来，每天请他吃饭的排成一条长龙，有唱片公司，有文化发展公司，有民办音乐学校，有半官方性质的协会，还有一家北京的艺术学院，价一家出得比一家高。这就是品牌效应。哪家能把金教授请去，自然会身价倍增，不仅有利于事业发展，还能赢得丰厚的利润，更重要的是通过深入挖掘金圈子的资源，能够在这个行业占据垄断地位。一家唱片公司的老板在董事会上说出了心里话。他说，光一个省城就有一百多家唱片公司，加上各种音乐工作室、文化公司，用多如牛毛这个词来形容一点也不过分。每年的音乐界评奖，大家都张大眼睛盯着。那些评委中金太阳的学生占一半，而且都手握实权，看着金太阳的眼色行事。咱不说一年拿一个金奖，就是三年拿一个，那些想出唱片想出名的还不像长江东流水一样滚滚而来……学院领导更舍不得丢下金教授这块金字招牌，千方百计留他继续任教，给他开出了比在职时还高的条件。他过去用的琴房不仅重新装修，还挤占了隔壁另一名教师的琴房，一下子比过去扩大了一倍。他的工资也由过去的月收入变成年薪，比在职时翻了三番。他可以自主招生，校外生的学费收入学校一分不留……马虎院长在院委会上慷慨陈辞地讲，金太阳金太阳，照得音乐界亮堂堂，没有了这个金太阳，咱这北方音乐学院就亮不起来。

就这样，金教授还是没坚持多久又向学院递了辞呈。理由很简单，年龄大了，虽然想继续从事音乐教育，但常感力不从心，想好好休息。其实，马虎心里亮堂得很：老师有想法了。前些日子，他的同学、房地产商加省城最大的唱片公司老板胡南河频繁找老师，不，准确地说是频繁地找师母，还不是想挖音乐学院的墙根？于是，他接了信就开了院委会，做出了一项重大决定，散了会就赶到了金教授家。鞠花拦着金教授没有马上见他，而是让他在客厅里坐了一个多小时，这样，一来可以显示金教授身体确实不好，二来让马虎再好好琢磨琢磨。

客厅很大，足有一百平米。比马虎早来一步的周云开说，错，是九十九平米，你问问老三。老三就是胡南河。这三人是同校同届同班同学，同一年生，相处得很好，称兄道弟论起来，胡南河居三。他说，老马好眼光，本来是一百平米的，后来听了云开的，改成九十九平米了。周云开咧着嘴，很得意。可是为什么要弄成九十九呢？马虎不解。胡南河说，云开说了，万事别求满，留着点余地。马虎恍然，哦。既然不求满，那干嘛不是九十八呢，不是九十呢，只留一平米，这也太贪了吧，这也太欲盖弥彰了吧。周云开一如既往地咧着嘴，高深莫测。

周云开并不喜欢咧嘴，相反是老绷着，绷得很紧，衣服上的扣眼似的。他咧嘴是一种放松，是对绷着嘴的一种补偿。他毕业后去了省电视台，先是在音乐戏曲频道做编导。电视台的音乐频道是音乐界的资源大户。他凭借一首歌词，与一位著名作曲家合作，一炮打响，不仅职位升了，作词的报酬也水涨船高，身边一拨拨唱歌的女孩子追着围着求他帮着写歌词。他不是随随便便就给谁写歌词，而是有标准的，一是人要长得漂亮，二是嗓子要好，三是付得起钱。还有一条是不能公开的，就是愿意跟他上床。谁都知道唱了他写的歌，拍 MTV、上电视、上晚会，简单一句话容易出名。金太阳私下骂过他，周云开你臭名远扬了，再不小心非栽跟头不可。那个胡南河呢，是这家"金鸣山庄度假村"的老板，当年做金教授的学生时，被视为是最有专业前途的一个，在省青年歌手大赛中得过银奖。后来可能认为唱歌不到全国一线歌手水平很难挣大钱，就下海经商了。

卧室的门开了，金教授在鞠花的搀扶下不紧不慢地走出来。马虎赶忙恭恭敬敬地站起身，周云开则上前一步搀住金教授的另一只胳膊。胡南河把滑落的沙发布铺好。走到沙发旁时，鞠花已经飘到了金太阳的前面。胡南河说，师母好！

鞠花说，去！胡南河挨了鞠花一巴掌，满足地笑着。他和马虎、周云开、鞠花是一届的同学，都是金教授的学生，二十年前鞠花升格为师母，并不能改变"同学"这一具有广泛认同感和资源属性的本质。

坐定以后，马虎不等周云开开口，直截了当地说，老师，我来是想告诉您……

鞠花蛮横地打断他的话，说，老马，金老师的辞呈你看到了吧？你没见老师现在的身体状况不如以前了。他已经退休了，你要心疼老师，就让他好好休息休息。

马虎说，是呀，我来是告诉老师学院的一项决定。他从包里取出一份材料递给金太阳，鞠花手快抢了过去，刚看了一眼，就从沙发上跳起来，哎哟我看你马虎做事一点儿也不马虎，想得就是周全周到。这事你要真定了，我替老师作主，保证他继续留校教书。她说着指指胡南河，别的地方给金山银山咱也不去。老师还是对"北音"有感情。

金教授接过鞠花递过来的材料，并没有马上看，只是用眼角的余光扫视了一眼。他也没有马上表态，慈祥地看着眼前的几个学生。

马虎是金教授的学生，毕业后留校任教，从教师到院长，每一步都离不开金教授的支持。他带来的那封信其实是北方音乐学院的决定，一个对所有教授最具吸引力的条件，就是给金教授建一个艺术馆。至于经费来源，马院长早已考虑好了。金教授的学生中千万富翁的老板不少，就是那些已经成了明星大腕的学生，给老师建艺术馆每人掏个几十万也不会含糊。

金教授之所以递辞呈，一个主要原因是想到西部地区好好走走，搜集和整理一下西部民歌。他对西部民歌情有独钟，只是过去在任时教学太忙没顾上研究。当然，他也不想离开音乐学院。毕竟是这所学院给了他施展才华的舞台。他从在这所学院毕业留校任教，一直到退休，四十个年头里除了离过两次婚，闹得沸沸扬扬，被人指责喜新厌旧，其他方面一帆风顺。再说了，就是从带学生的角度出发，留在学院也比离开学院好。民办音乐学校的生源毕竟比不上音乐学院的。他自己心里清楚，学生不光奔他一个人，还奔着学院这个招牌。更重要的是，他对马院长所说的建一个金太阳艺术馆特别在意。你想想，什么人能够资格建一个个人的艺术馆？一定是享有盛誉、成就卓越的大艺术家。他金太阳的老师也是一代名教授，学院也没给他个人建艺术馆，只是在院展览室里放一张照片，几行简单的文字介绍。他金太阳若能在有生之年看到矗立在北方音乐学院的金太阳艺术馆，那才是人生的最高颠峰。他权衡了一下去西部走走和留校的轻重，冲鞠花点点头。鞠花最了解自己的丈夫，说这事就这么定了！

马虎灿烂地鼓起掌来，周云开也拍了几下手。胡南河叹了口气说，我这儿庙小，搁不下老师这尊大菩萨。

鞠花说，胡南河你们这些商人最没良心了，没有我们家老金能有你今天？

金教授抬了下手，像是要举手发言。鞠花说你等等，我还没说完呢，老马，咱们话说前头，我们老金留校是留校，可他是应你的要求留的，你可不能象以前那样使唤他，老金不光是咱们学校的，也是社会的、咱们省里的资源，你说是不是？

马虎说那是那是，金教授在我心里永远是恩师，我从来也不敢累着他。

胡南河说，听鞠花姐姐的意思，我这里还指得上老师，是吗？

鞠花说，废话！

一直没说话的周云开发话了，老师永远是咱们音乐圈的太阳。

胡南河说，云开，我怎么听着你这话像是人生总结？

鞠花说，去，云开不是那意思。

大家热烈地讨论着金太阳，像是讨论对一个物件怎么使用，而物件本身是并不具备决定自身命运的功能的。

就这样，金太阳被决定继续留校了。其实金太阳很愿意留校，只是他不太乐意被决定，即便是鞠花决定也不行。

鞠花是金太阳的第三任夫人，临毕业时，与恩师金教授相爱，并在两个月内帮教授办完了离婚手续，办完了她的留校手续，办完了她和教授的结婚手续、婚礼筹备，进而满面春风地走进婚姻殿堂，成为众多学子们最年轻的师母。鞠花出手之快，效率之高，为她赢得了"鞠旋风"的绰号。

从此，金太阳就渐渐物化。金太阳收获的是一个年轻富有活力的身体，就像他三十年前收获第二任妻子的身体一样。那时候，他的第二任妻子的身体同样是年轻的，同样是富有活力的。他的三任妻子，就像是逐渐旧去的三个物件。如今，金太阳自己终于也旧去了。呵呵。

门前是蜿蜒的山道，青翠的山峦，远处喧闹的省
城此刻无声地铺展在灿烂的阳光下，显出几分乖巧。

他自嘲地笑着。起身走出去，把自己留给他们继续讨论。

金鸣山庄依山而建，很大，很幽静。金太阳走到外边才发现许多人都没走，这些人无一例外地都是他的学生，不用猜是马虎带过来，打算说不服他时一哄而上"抢"他的。见金太阳出来，学生们纷纷起身。一个个子瘦小的女孩子干净麻利地跳到椅子上，亮开嗓子带头唱：太阳出来了——

学生们跟着唱起来：太阳出来了，太阳出来了，光芒万丈——

开始是那个女孩子领唱，合唱，后来变成了多声部。都是学声乐的，都是金教授的学生，况且发自内心，自由而欢畅，真挚而动情，金鸣山庄的大厅立刻变成了音乐厅，维也纳一般。

金教授的眼睛湿了，泪水跟着就流出来。金太阳不爱掩饰自己的感情，此刻更是。他朝学生们拱手致谢，学生们看见了老师的泪水，更加动情，向他鼓掌，向他欢呼。有人喊，拿酒来！

山庄训练有素的服务员不知从哪个角落冒出来，顷刻，一只只盛着红酒的高脚玻璃杯就擎在每个人的手上：为老师健康长寿干杯！金太阳动情地举起杯：谢谢，谢谢你们，今晚谁都别走，我做东，一醉方休！

二

金教授趁学生们开怀畅饮之际悄无声息地走出大厅，门前是蜿蜒的山道，青翠的山峦，远处喧闹的省城此刻无声地铺展在灿烂的阳光下，显出几分乖巧。金太阳在客厅里被决定的那点不快很快就烟消云散，他轻快地走在山道上，一点都没有六十多岁的感觉。脚上那双他

金圈子

　　永远叫不出名字的乳白色意大利休闲鞋，身上同样叫不出名字的米色法国夹克和酒红色的衬衫，此刻充分显示了一种品质感，这种品质感更加助长了他清爽和清静的感觉。人如果能够自由自在地生活，那该是多大的享受啊！他想。这种感觉在学校里是没有的，在家里也是没有的。他一直被包围着，在学校被说不清道不明的纷乱包围着，在家被鞠花和女儿包围着。

　　金太阳正在享受自己少有的清净，一辆汽车停在他身边，是辆宝马MINI。车窗无声地降下，露出一张粉嫩的脸，接着是甜甜的声音：老师！

　　金教授一看，是他带的学生陈贝贝。刚才她还在大厅领着唱"太阳出来了"，怎么一转身的功夫就开着车追了上来。对于学生开车而且是豪华轿车，他一直不怎么认同。可是随着开车的多起来，他也渐渐地理解了，接受了。他并不知道在省城的大学里，只有北方音乐学院和几所大学艺术系的学生拥有私家车。没等他多想，陈贝贝已经停好车，说，老师上车吧。

　　金太阳挥挥手，我，想走走。

　　陈贝贝说，那我陪您走。说着下了车，挽起了金太阳的胳膊。温暖的阳光，和煦的风，美好的景致，再加上一个漂亮的陈贝贝，该有的似乎都有了，可是金太阳心情却渐渐黯淡。他知道，不该破坏已经好起来的心情，可是却又无法左右。这个陈贝贝他挑不出什么毛病，可她总让他觉得有那么一点不放心，总觉得会有什么事发生。金太阳有点唐突地问了一句：宝宝呢？

　　陈贝贝嘟起嘴，就知道找你的宝宝。说罢用黑白分明的眼睛盯着金太阳。陈贝贝的眼睛很大很清澈，金太阳见了这双眼睛，自己也清澈起来，这使他又不相信这双眼睛的主人会发生什么事了。

陈贝贝用嘟着的嘴指向远处：你的宝宝在那儿呢，让她坐我的车她死活不肯。一脸的不屑一顾，又说，妒嫉心强。金太阳下意识地看了陈贝贝一眼，然后顺着陈贝贝的嘴指向的方向，看着蜿蜒而来的细小的柏油路。刘宝宝正甩着两条长腿一弹一弹地走过来。

刘宝宝和陈贝贝都是金教授的学生。两个人不仅名字特别，长相也各具特色。刘宝宝个子略高，皮肤有点黑，笑起来很清纯。陈贝贝个子略矮，但皮肤白嫩，眼睛很大，扑闪扑闪地像会说话。两个人的性格差异更明显。刘宝宝爱说爱动，有点儿调皮，给人的印象是稳重不足，轻薄有余。陈贝贝则沉默寡言，让人觉得老实巴交。鞠花给金太阳开玩笑说，一个宝，一个贝，合起来叫宝贝；一个黑，一个白，合起来叫黑白。老金你是社会上说的黑白通吃。

金教授很喜欢这两个学生。他自信她们两个中间必有一个会成为金圈子里的第四代领军人物。金圈子的领军人物，自然是北方音乐界的领军人物，全国音乐界的名人。他的自信来源于两点，一是基础。刘宝宝和陈贝贝的基础都不错。刘宝宝的声音甜美，干净，加上学习用功，喜欢读书，知识面宽，善于挖掘每一个音符、每一句歌词的深刻内涵，在前人演唱的基础上融进自己的独到体会和真情实感。陈贝贝出道较早，十几岁时就在省电视台的一次少年比赛中获过冠军。二是资源。他金太阳的金圈子就是个音乐资源最丰富的圈子。如今办事讲究资源，没有资源一事无成。

但是，金教授不轻易动用金圈子的资源。他懂得只要是资源，总有枯竭的时候，用一次就少一次。就说每年一度的全省电视歌手大赛吧，你再是评委会副主任、评委会里你的学生比例占得再多，也总不能年年都给那些学生打招呼，让他们给你金太阳的学生亮高分吧？电视直播呢！全省甚至全中国多少双眼睛在看着。

就在昨天晚上，省电视台播出了今年金嗓子大奖赛的有关信息。当时，鞠花就旗帜鲜明地亮出自己的观点：支持陈贝贝。她的理由很简单，现在不同以往了，音乐界也不是生活在真空中，那些个评委要一个个打点，光靠你一个老头子打招呼根本不顶用。打点就得有实力。刘宝宝这方面比不上陈贝贝。你看看陈贝贝，一只包就值四五万，开的是宝马……

金教授没听鞠花说完，眉头皱得像五线谱，不满地说，你是老师，要注意为人师表。怎么能用金钱作衡量艺术水平的标准呢？学生听见了，会怎么想？

鞠花撇撇嘴，说，你怎么不说你金太阳的学生拿不了大奖，学院会怎么想，那些准备报考你研究生的学生怎么想，音乐圈子里的人怎么想？说好听点是你江郎才尽教不出好学生，说难听点的还以为你不在人世了。

金太阳不以为然，反正我当了那么多年评委，从来没收过参赛选手的一分钱。

鞠花额头上几道浅浅的皱纹里显露出不易察觉的微笑。好，你金太阳正直、廉洁，公道正派行了吧？

金太阳的喉咙像堵塞了。在鞠花面前，他哑口无言是家常便饭。

鞠花不依不饶，接着往下说，老金我给你当了那么多年大秘书，活到这份上，钱也不缺，名也不缺，美女也不缺，关键是自己心无旁骛。

还不知道你咋想的？你是想让宝贝两个人中再出一个全省全国一线大腕。可是你也不想想，你那些大腕学生成名后给了你多少好处？也就是一个师生的虚名。你想等她们成名后孝敬你，哼……

金太阳实在忍无可忍，哼了一声，说，越说越不像话。你怎么也变得这么势力了？

鞠花说，你看看周围，看看社会，是我一个变了吗？

夫妻俩话不投机，金太阳索性不再和她争论，也不听她唠叨。他有了一个新想法，今年的电视歌手大奖赛，他打算只推荐刘宝宝和陈贝贝两个人中的一个参赛。不过，对于他来说，这是一件头痛的事。她俩毕竟都是他的学生，水平旗鼓相当，只是刘宝宝的水平比较稳定，音色也干净。陈贝贝以前的声音也很干净，最近却好像患了感冒。他想劝说陈贝贝放弃今年的参赛，和他一起支持刘宝宝，等明年再让陈贝贝参赛……

刘宝宝走得近了，甜甜一笑：老师！然后和陈贝贝一左一右，挽着金太阳向山上走去。金太阳很满足，活到这份上，钱也不缺，名也不缺，美女也不缺，关键是自己心无旁骛。他曾认真地审视自己，确实是一点杂念都没有。这足以让他为自己感动，或许，这就是传说中的境界。

西山不高，三个人一会就登上了山顶。西山像是省城的一道院墙，往东是苍白的城市，往西是苍茫的群山。这就像站在金太阳身边的陈贝贝和刘宝宝，陈贝贝很白，像装在杯子里的牛奶，刘宝宝则不同，像装在杯子里的麦子。

这时，金太阳的手机响了。他不想让心情受到干扰，没有理会。

陈贝贝却不等他同意，把手伸到他的裤袋里帮他掏出了手机，打开翻盖递到他手上。他看了陈贝贝一眼，心里有一种说不明白的滋味。

电话是鞠花打来的，开口就问老金你跑哪去了，那么多学生等你呢。

金太阳说让他们散了吧。拜托你帮我送送他们。接着又说，你是现任的系领导，比我有权威。

陈贝贝看了金太阳一眼，眉毛动了动，好像想到了什么。

望着夕阳下起伏的群山和山间淡淡的暮霭，金太阳突然问，你们会被感动吗？

感动？当然会。陈贝贝说。她用清澈的大眼睛望着自己的老师，她的眼睛无论什么时候都是那么清澈，那么纯真无邪，这一刻，金太阳突然生出了对这双眼睛的疑惧。他避开陈贝贝的眼睛，转而问刘宝宝：你呢，宝宝？

刘宝宝没有看他，只是对着夕阳下起伏的群山，轻轻地回答，会的。

金太阳说，老师给你们出一道作文题，感动。文体不限。

老师！陈贝贝说，您干嘛给我们出小学三年级的作业呀！

金太阳说，别废话，一个星期给我写出来。

三

北方省一年一度的金嗓子电视音乐比赛，是北方省音乐界最高的奖项，所以竞争相当激烈。这些年我们的社会也不知患了什么病，几乎奖项都带金字。电影奖带金字，电视奖带金字，主持人奖带金字，音乐奖带金字，金马、金象、金牛、金鸡全都用了，就差没有金驴金狗金猪了。金教授在一次座谈会上慷慨陈辞地讲道，虽然我姓金，但我不主张什么奖项都姓金。这也是个导向问题。

在场的人都笑了。

不过，那种意见只是一阵风，还不如一阵风。金教授自嘲地说，不如放个臭屁。臭屁还能熏熏人。

对于一心想在歌坛上成名的年轻学子来说，这个金奖无疑太重要了。北方音乐学院不少学生报名，但金太阳教授的学生刘宝宝和陈贝贝都说不打算报名。理由很简单，牵涉老师的精力。还有一个原因，影响老师的威信。这几年一直有人在网上批评金教授的学生没有文化。有一年比赛，金教授的一个学生当着电视镜头，竟然把国际歌说成了国歌。有人说，就这算文化人？批评的矛头直指金教授。更让金教授心里难过的事情，他有个最喜欢的女学生在大赛中获了金奖，登台领奖的当天晚上网上就出现贴子，说那个选手和某两个评委上过床。于是，有人跟贴批评说他只教书不育人。

金教授从退休那年起，就要求不在学院的组委、评委等两个组织中担任任何职务，可是马虎不同意，鞠花也不同意。马虎是想用他的名望压阵，鞠花则是不愿放弃捞一把的机会。

学院选拔参赛选手的评委会组成了，金太阳教授毫无争议地当选评委会主任。本来，每年都有一次选拔，每年都要组成评委会，评比细则、制度、条件等等相关规章制度都有，过去都是改一下日期就照抄照搬，可是今年却有几个教授提出增加两条新规定：一条是增设现场监督员，以保证公平；一条是在学院小剧场公开比赛，欢迎学生旁听，实行开放式选拔，增强竞赛的透明度。鞠花说这两条新增加的规定都是冲着金太阳来的，肯定是其他不服气金太阳的教授给学院施加了压力。金太阳不以为然，规定面前人人平等，再都说了，这两条规定的确符合实际。就说后边一条吧，很有创新嘛！让学生当观众听众，一来监督评委们的公平，二来也是一个学习提高的机会，中央电视台的节目不就有观众当场打票吗？多好的方法方式呀，我举双手赞成。

跟你说着玩还真急了。鞠花说，说真的老金，我听周云开说，这次省里的金嗓子大赛，他还是坚持力荐你为评委会主任，他说非你莫属，你还不趁机会把陈贝贝推上去。

什么叫推上去呀？实力，到什么时候也是凭实力。金太阳说，再说了，刘宝宝不比她差……

鞠花说老金你能不能不装呀？就你们前些年推上去的那些歌手，凭实力的有几个？凭实力胡南河就不会只抱了个铜奖，气得连艺术都放弃了。用你的话说，再说了，再说了，陈贝贝杀出北音的门，可能会一路杀到领奖台，刘宝宝能吗？看她那穷酸相……

金太阳不屑一顾地哼一声，说艺术还没到嫌贫爱富的程度，到了那一步就不叫艺术了。

鞠花说，得了吧老金，如今通往那座你还认为金碧辉煌的艺术宫殿的路，得用金子铺……

金太阳无言。这正是他心里的痛处。在他看来，音乐界的评奖越来越不好办，虽然他问心无愧，没有收过选手的钱和礼物，可是评委中有人收钱的事他是知道的。而且金圈子的资源也越来越难分配公平。他之所以退而不休，之所以还有那么些人争他，冲得的他的那个金圈

可是再好的煤，烧到最光彩夺目的时候，也就是
开始化为灰烬的时候，就像他现在。

子的资源，说白了，是挟天子以令诸侯。金太阳认清了这些，并不等于能改变这些，相反，他很享受这种被人捧着的感觉。人就像一块煤，生火的时候最难受，烟熏火燎的，就像他三十岁之前；烧得最旺的时候，也最为光彩夺目，就像他五十岁以后。可是再好的煤，烧到最光彩夺目的时候，也就是开始化为灰烬的时候，就像他现在。

　　金太阳坐在沙发上发呆的时候，鞠花接了个电话，挂了电话，拎上她那只 LV 对铃铛说，回头给你爸弄吃的。铃铛说金教授不食人间烟火。鞠花说，鬼。旋风般走了。

　　鞠花是去赴约，约她的是周云开和胡南河。胡南河和周云开是铁哥们，上大学时，周云开家里穷，没少蹭胡南河的饭票，胡南河的爹是县长，每顿饭都吃肉。

　　鞠花到了，胡南河就开门见山：鞠花，今年哥哥想推一个金奖。

　　推就推呗，鞠花说，找我有什么用？

　　胡南河说，废话，没用找你干嘛？老师那里我不能直说，说了非挨骂不可。

　　所以就找我！当我是评委主任呢？鞠花说。

　　胡南河说，别绕，老规矩，钱一分不少，你得帮我。

　　鞠花对胡南河说的这一点是信任的。胡南河每回找她办事，不管是推荐跟金太阳上课的学生，还是推荐考北音的考生，甚至让她帮着打招呼安插一个歌手上晚会，没有一次让她白帮忙，而且比其他人出手大方。她问，推谁？不会又让哪个妮子缠上了吧？

　　周云开说，谁缠得上他呀！

　　胡南河深沉地笑了笑。

鞠花说，我们家老金，现在越来越不好说话了，钱也不认，人也不认，油盐不进。

周云开说，男人更年期都这样，愤世嫉俗，又脱不了俗套。

去你的！鞠花说，胡南河想推人有你什么事？你这个大主任不去干你的正事！

周云开说，我是音乐频道的总监，发现和推荐新歌手，培养新星就是我的正事。

鞠花说，不懂。

胡南河说，我看出来了，老师对金圈子的事情不太感兴趣，可是这么多年积累下来的资源全都在这个圈子上了。我跟云开商量了，这个圈子，还必须得支起来，有你，有云开，有老马，还有我，老师是旗手，有他在，圈子就在，没他在，圈子也还得在。

胡南河的话是说到鞠花心里了，在学校，她一路顺风顺水，刚刚四十出头，就坐到了系里副主任的位置上，学生中也有成名立业的。别人清楚，她自己也清楚，这一切都是有金太阳罩着。在外面，她也是要风得风要雨得雨，那自然是得益于金圈子罩着。如果说谁最想经营好这个金圈子，那就是她鞠花了。因此，对周云开、胡南河和马虎，她是心存感激的。想明白了，她对胡南河说：你说的是实话，经营好这个圈子，对老金，对大家都有好处。

周云开说，所以我和胡南河佩服老马，他想在学院为老师建一座金太阳艺术馆这主意不是一般人能想出来的。有了艺术馆，就有了一座有形的丰碑，这就是金圈子的载体和象征，明白了吗？

鞠花眼睛一亮，神情却故作不安，说老金好像又犹豫了。他说那得花一大笔钱哪!

胡南河说，钱的事有咱们的圈子托着，我来办。老师上千个学生，一人一万，那就是上千万。那些成了腕的，谁出个百八十万的，那是荣誉，是人格投资。再说，社会资助也是一大块，钱不是问题。

鞠花的眼睛又亮了：钱不是问题，那别的就没有问题了。

胡南河说，老师不反对就没有问题。

鞠花赶紧说，他，他是担心钱不好筹。

周云开呵呵一笑，是啊，知夫莫若妻啊。

胡南河嘿嘿一笑说，瞧瞧瞧瞧，都二十年了，还吃醋。

鞠花说，你放屁。

胡南河说，哎，这才是鞠花，我就爱听你骂人。

鞠花说，说正经的，你推人的事，真的不如原先那么好办了，你知道，老马是院长，他手上肯定有人。老金手上有学生，他也会有他的想法。再说，老金那些当评委的学生，说是圈子里的，听老师的，可在老师和金钱面前，还是听钱的。老金不止一次说过，这种比赛干脆取消算了。

胡南河说，钱咱们照花，不管选谁，这个人必须是我的。你也知道，这两年光顾了建山庄，我的金鸣唱片公司都三年没冒泡了，在全省的排名，出溜出溜往下掉。这次比赛，我和云开谈好了，由我的金鸣唱片公司赞助。

鞠花和周云开、胡南河见面的时候，金教授也在同马虎谈话。他的神情很严肃、很认真、很不同寻常。他说，你上次说学院建艺术馆，我同意，可是以我的名字命名，我反复琢磨，觉得还是不太合适。

马虎一愣，心想，这种好事，傻子才不同意。

金太阳就这个脾气，不掩饰，不谦虚，正因为这样，他才能有今天的成就。他接着说，天上掉馅饼，为什么就砸着我了？你给我说说。

马虎说，不是天上掉馅饼，这个馅饼本来就是您自己做的，当然就归您了。

金太阳说，等等等等，给我建艺术馆，有没有负面的什么东西。

马虎说，能有什么负面的？学院立项，说明学院承认您的艺术成就；省里批准，说明官方尊重您在艺术领域做出的贡献。您不光是咱们学院的旗帜，也是咱省的一块金字招牌。道理明摆着呢。

金太阳沉默着没有表态。他既不想肯定，也不愿否定。

马虎说，院里打算成立个专门的班子，规划、设计、立项、基建……没有两三年时间搞不成。

金太阳说，那我怎么谢你？

马虎说您已经谢过我了，您答应继续留校，就等于把您这块金字招牌给我留下了，学院生源滚滚，还有什么比这更重的谢礼？

金太阳大笑：我说马虎，要不上头怎么选你这个院长呢，死人都能让你说活了，你瞧我心里这个滋润，呵呵。感谢感谢。

马虎问，老师，您知道为什么您退休前和这次辞职前我没说这件事吗？

哦，为什么？金太阳真的有点儿茫然。

我是怕您把这事当成条件，当成交易，也是怕外界说三道四。马虎说。

金太阳很感动：还真是，本来留校是我自己的选择，你要是事先许诺了，可不就成了交易了吗！你们呀，还真是想得周到。

马虎说，老师，咱不说这事了，说第二件，金嗓子推奖的事。这回咱们北音怎么也得把金奖抱回来吧。

金太阳想了想，说了句，你是院长。

马虎说，别，别，一码归一码，推奖这事复杂着呢，您要是往后缩溜，就等于把我往风口浪尖上推，您还是保护保护我吧。

金太阳明白马虎的心思，去年金嗓子比赛中，北音推荐的两个参赛选手一个因为紧张唱跑调而名落孙山，一个只捧回了个铜奖，马虎的脸整整一个多月不见阳光。学院不少老师同学批评说学院的推荐不公，导致好选手没能参赛。金太阳也没少了受牵连，因为那个唱跑调的选手是鞠花的学生，也跟他上过课。所以，他今年不想再背包袱，于是问马虎，你有没有合适的人选？

马虎说，要说合适，咱们学院里，也就您带的那两个宝贝有希望，别人去了也怕是白浪费名额。

金太阳沉吟一下：当然，这俩孩子还是有点实力的，可是毕竟要经过学院选拔这一关，必须得走程序，不能让其他老师骂咱不公平。这样吧，学院组织比赛时我回避。

马虎说，看看看看，我刚怎么说来着，您回避，就等于把我推到风口浪尖上，您避了嫌，到时候不管谁上我屁股都干净不了。

金太阳笑笑，好，好，这事我兜着，还是比赛，谁胜出谁上。

马虎说，我是怕您办完退休了，到时候该坚持的不坚持。不该避嫌的先躲一边去。

金太阳大笑，你算把我看透了，我还真想过避嫌，省得到时候不招人待见。行，既然你说了，咱就按老规矩办。

马虎告辞，金太阳顺手拿起沙发旁的一盒虫草送给他。马虎两只手一个劲地摇：哪有这个道理，不成不成，真不成，老师给学生送礼，折我的寿呢！

金太阳犟劲上来了，这虫子你非拿不可，我一看见这东西就想起蛆虫，恶心！拿着拿着。

正推搡着，鞠花回来了。门一开声就过来了：什么蛆虫呀，恶心不恶心！

马虎象见了救星，赶紧躲到鞠花后面：鞠花鞠花，老师要送我虫草，哪有老师给学生送礼的道理呀你说。

鞠花说，哟，老金，你这出手可真够大方的，你知道这盒虫草多少钱吗，怪不得老马不敢拿呢，他要是拿了都够得上受贿了。

马虎说就是就是。

金太阳急了，叫你拿着你就拿着，哪来这么多废话！

鞠花说老马，你看我们老金真急了，他这辈子都没给人送过礼，你算头一个，拿着吧拿着吧。

马虎拿上了，边走边说，折我的寿呢这是。一直说到楼道里。

金太阳如释重负。

鞠花关上门，问金太阳，这是咋啦，怎么想起给老马这么贵重的东西？

金太阳心情不错，说，什么贵重不贵重的，这个蛆一样的东西，你们看着好，我看着就恶心。这小子，让他拿还不拿，越不拿我越得让他拿，我就不信了。

鞠花知道金太阳为什么这么高兴，但她不点破，她要让金太阳自己说出来。这是她二十年来训练出的技巧，鞠花善于发现，不管什么事，只要她做，就很快能够找出规律来，对老金，对同事，对学生，屡试不爽。

金太阳果然说了，他心里装不下事，有了就得说，尤其是建艺术馆这种想想都觉得高兴的事。

鞠花挤巴挤巴眼睛，你不是说这事还得想想吗？我同意你的观点，以个人名字命名不好……说完，瞪大了眼睛望着金太阳。

鞠花的反应让金太阳很满意，他认真地向鞠花确认这事已经定了，省里有关部门同意立项，是老马亲口告诉他的，建艺术馆不仅是对他金太阳，对学院，对省里都有着巨大的好处。金太阳缺乏对事物意义的描述能力，他只能把马虎的意思复述一遍，完全是鹦鹉学舌。

鞠花听完，突然扑过来抱着金太阳就亲了一口：老金，亲爱的，你当之无愧，真的，我太激动了，你要相信你是当之无愧的。

四

到了约定的一个星期时间，刘宝宝和陈贝贝都按时交了作业。能够按时交这份额外的作业，金太阳比较满意，这两个学生至少还是听话的。

陈贝贝的作文写得聪明，记叙了老师的生日庆典，一代一代的学生对老师的真挚感情所带给她的感动。文章文笔流畅，感情饱满，是一篇很典型很合乎规制的作文。而刘宝宝则写了一个歌者对旋律，对歌词，对一种情境的感动，这不是金太阳布置的作文能够完成的任务，而是一篇论文。刘宝宝这样写显然比陈贝贝笨拙。不过，金太阳总觉得陈贝贝那篇文章似曾相识，具体是在哪本书哪本杂志上读过想不起来了。天下文章一大抄，你又不是中文系教授，管她来自何处？倒是铃铛后来看见了一眼就认出来，哟，爸，这不是马虎在院报上发表过的为你60岁生日时写的那篇文章吗？你看看陈贝贝多不老实，做假都做不利索，连马虎写的上学时你带他去北京观看音乐会，住在一个房间，夜里帮他盖被子那个细节都没改一改，要是拿到哪儿发表了，人家还以为你又泡自己的女学生呢！

金教授笑笑，不知是表示大度，还是被陈贝贝的马虎逗的。

金教授很喜欢刘宝宝和陈贝贝这两个学生。他本来是不想让宝宝和贝贝两人同室操戈，只让她们中的一个报名参赛，可他也意识到，这只是自己的一厢情愿，他根本就左右不了刘宝宝和陈贝贝，再说她们也不是他的私有财产，他没有权利让谁参赛或不让谁参赛。意识到这一点，金太阳有点如梦方醒的感觉。宝贝二人参赛是必然的，也就是说，他想避免的同室操戈也是必然的。不知为什么，他对刘宝宝更有信心。事情并不像鞠花他们说的那样有钱才能获奖，唱歌这种事还得凭实力。他决定做一次努力。于是，他把刘宝宝找来，想再给她说说她的不足。

在办公室里，金太阳坐在自己的紫檀扶手椅上注视着对面的刘宝宝。这把紫檀扶手椅是他从家里搬来的，坐着虽然没有学院里配的皮椅舒服，但他喜欢。鞠花说这是他的一个毛病，自己喜欢的东西须臾不愿放手。当然，鞠花是借椅子说人，话里有话。他先是给刘宝宝讲了她唱歌的不足之处，又讲了比赛经验。

刘宝宝就像太阳下即将成熟的麦子，浑身散发着
阳光的色彩和味道。

　　刘宝宝说，老师你放心，这次比赛是我的机会，我一定会努力的。

　　金太阳点了点头，说，我知道你会努力的，可是，比赛很残酷，你要有思想准备。

　　刘宝宝说，我知道，只要是公平比赛，输了说明我技不如人，是吧老师？

　　金太阳说是，想了想又说，世界上没有绝对公平的比赛，这你应该知道的。

　　刘宝宝说，没有绝对，这是个哲学问题。

　　金太阳说，不仅是哲学问题，比赛是人来评判的，这种不公平就很可能会来自主观和客观两个方面。

　　刘宝宝说，老师您怎么了，干嘛说得这么严肃？我都不习惯了。

　　金太阳笑笑，是啊，干嘛这么严肃！没事了，你去吧。

　　刘宝宝走到门口，回过头来：老师，您是不是有什么事情想跟我说？

　　金太阳扬扬手，刘宝宝粲然一笑，弹着两条长腿走了。

　　刘宝宝的笑很有感染力，金太阳被她传染，笑意待在脸上好大一会。刘宝宝就像太阳下即将成熟的麦子，浑身散发着阳光的色彩和味道。笑意消退后，金太阳拿起电话。这是他准备好的程序，把陈贝贝叫到办公室，跟她谈谈能不能不参加比赛。电话拨到最后一个号码时，他放弃了，他已经没有勇气，也觉得没有必要再进行一次必然会改变初衷的谈话。放下电话时，他隐隐地觉出了自己的幼稚，也觉出了鞠花的成熟和老道。

　　金太阳放下电话并抬起头时，陈贝贝已经满脸笑意光彩照人地站

在他的办公桌旁，这一刻他甚至怀疑陈贝贝是不是已经看到他拨她的电话了。金太阳显出奇怪的尴尬。

陈贝贝用那双清澈的并且让你相信绝对是无邪的眼睛看着金太阳，说，老师怎么了？

金太阳说，哦，我正想给你打电话，谈谈比赛的事呢。

陈贝贝说，真巧，我也想跟您汇报一下。说着，她把手提袋放在桌子上，里边装着金太阳平时最喜欢吃的红枣。一袋子红枣值不了几个钱，但陈贝贝能想得起上次给老师买的红枣吃没吃完，会不会断顿，再及时送来，这一点刘宝宝就远远比不上。

金太阳拿了一枚红枣放在嘴里咀嚼着，心里竟然泛起一片感动。他示意她坐下。此刻他已经完全改变了初衷。

陈贝贝说，老师，您放心，我一定尽全力完成这次比赛，为您争光，为咱们学院争光。

金太阳说，哦？那要是输了呢？

陈贝贝说，有您的指导，有那么多师哥师姐的提携，就算是输了，那也是我个人发挥不好。不过我觉得不会输的。您说呢老师？

金太阳说，哦，你是这么想。可是你想过没有，论实力，你和宝宝不相上下，宝宝也参赛啊。

陈贝贝有点撒娇地说，老师，您就想着宝宝，我也是您的学生呀。

金太阳说，当然，你们都是我的学生，可是冠军只有一个。

陈贝贝试探地问，那您的意思是？两只大眼睛紧紧盯着金太阳，竟然让金太阳觉得额头上好像在冒汗，结结巴巴地说，我？我没有意思。哪来那么多意思。

陈贝贝笑了，瞧您说的，您没有意思，没有意思是什么意思呀?

金太阳也笑了，是啊，老师是词不达意，老了，老了!

陈贝贝说，您可不老，您魅力四射呢!

金太阳明知陈贝贝是在恭维他，但这话听着心里舒坦，这种舒坦伴随着他，一直到陈贝贝离开办公室。办公室里留下淡淡的香气，那是一个青春女孩特有的味道。

和两个学生的谈话，金太阳承认自己失败。他认为这次失败是退休闹的，虽然他的能力和退休前没有任何变化，但退休带给他和外界的是一种再清楚不过的明示，表明北方音乐学院的金太阳时代已经在法定意义上结束了。或许没退休之前，他还可以武断地决定雪藏起宝贝中的一个，而让另一个去争夺金唱片的冠军，现在却不行，无论如何也做不到。金太阳悲哀地发现自己原来也是个再普通不过的俗人。

五

学院选拔参赛选手的评委会组成了，选拔赛也如期举行。第一轮下来，30个参加初赛的学生还剩下10个。刘宝宝和陈贝贝都顺利进入复赛。对于金太阳来说，这一点都不意外，如果发挥正常的话，这两个学生是可以进入学院的决赛，然后登上电视比赛舞台的。让他高兴的是这次选拔赛体现了公平公正的原则，在学院师生中反响强烈。有的学生在内网上发表文章，说在选拔赛现场受到了在课堂上学不到的教育。

事情到初赛结束都是很正常很顺利的，没想到进入复赛出事了。

金圈子

　　按照比赛规定，参加复赛的选手必须准时到场，错过了时间不准参加比赛。刘宝宝后边隔一个人是陈贝贝，可是到了她的时候，她却没有到场。

　　场上场下叽叽喳喳，蝗虫啃食麦叶一般。

　　见没有选手上场，主持人有点尴尬，临时凑了两句驴唇不对马嘴的闲嗑，接着说，现在有请7号选手陈贝贝出场。

　　场下人人都瞪大了眼睛，想看看这个姗姗来迟的陈贝贝到底能出什么幺蛾子。还是没人。台下就有人鼓起掌来，呱，呱，呱，掌声越来越大越来越密，像一万只雨后求偶的蛤蟆。

　　评委席主座上的金太阳汗一下子就出来了。坐在金太阳旁边的马虎低声对他说，老师，这个陈贝贝怎么搞的？

　　金太阳沉默了片刻，沉重地说，那就按规定办吧。

　　比赛继续往下进行时，金太阳突然有种如释重负的感觉。本来他就希望宝贝二人只有一人参赛，这下陈贝贝自动下去了，正好符合他的初衷。他深深地舒了口气，同时也从自己身上检索出一坨小人之心。

　　还剩下最后一个选手时，马虎的秘书悄悄进来递给他一张纸条。马虎打开看了一眼，又不动声色地递给了金教授。纸条上写着，省电视台文艺中心主任、音乐频道总监周云开来电话，让转告马院长，陈贝贝是个好苗子。

　　金教授吃一惊，确切地说是震惊，让他震惊的不是众目睽睽之下传递这种足以令人生疑的纸条，而是这个陈贝贝看上去不声不响，啥时和周云开混得这么熟悉？

　　马虎匆匆忙忙地和另两位组委会副主任商量。两位副主任不停地看评委会主任金太阳，金太阳能感受到两位组委会副主任投来的征询的目光，但他很坦然，他只管评，不管赛，评是专业范畴，赛是行政范畴。评委会决定不了让不让选手参赛。

短暂而紧张的商量后，主持人宣布，选手陈贝贝因一些意外耽误了一下，将作为最后一个复赛选手上场。

台下一片哗然。接着就有人问，什么意外？是车祸吗？不会是见义勇为吧？

有个评委当场拂袖而去。

平心而论，陈贝贝复赛发挥得很好，金太阳就是不情愿也只能给她高分。他奇怪，陈贝贝经历了这么大的折腾，居然还能发挥得这么好，这个看上去文弱的姑娘要具备多么坚强的心理素质。

学院网上就此展开了热烈讨论。一种观点认为，陈贝贝无视比赛规则迟到，应当按规定取消比赛资格。有的认为院内复赛，不必搞得那么紧张。如果因为耽误了一会而让一位歌手失去了机会，是北音的不幸，更重要的是，陈贝贝唱得那么好，本身就说明了一切。两种观点各有各的道理，但是谁也不知道真正的秘密。

知道秘密的当然不会说，说破了就不是秘密了。陈贝贝迟到的秘密只有三个半人知道，一个是陈贝贝本人，第二个是胡南河，第三个是周云开，那半个是鞠花。

陈贝贝和胡南河在金太阳六十岁生日的宴会上认识，两人彼此需要，一拍即合，关系快速升温，不到一个月就上了床。两年中，陈贝贝还为胡南河怀孕流了一次产。胡南河不但为陈贝贝买了车，还买了套房子。不过，胡南河狡诈得很，房产证上是他自己的名字。对于他俩的关系，周云开是百分之百地知道。鞠花早已看了出来，只是不愿点破，毕竟陈贝贝是金太阳的学生，叫自己师母。师母如果知道学生傍着一个同样叫自己师母的有妇之夫而不管不问，那真正有失师道尊严了。鞠花装作不知还有一个原因是陈贝贝从胡南河那儿得的钱，要拿出一部分孝敬她。同时，她也知道这事让金太阳知道了，绝不会再像过去那样对待陈贝贝。

今天，胡南河在陈贝贝的要求下，约了周云开和陈贝贝见面。金嗓子电视音乐比赛的项目在周云开手上，陈贝贝十分清楚周云开的分量。她迟到是一次低级错误。她把时间算错了。

从西山，确切说是从西山金鸣山庄到学院有十公里，正常情况下，开车用不了半个小时。陈贝贝给这段距离留了一个小时，应该是足够了。可是遇到了堵车，不是一般的堵，而是一动都不动。那一刻，恐慌像一群蚂蚁从远处向她爬来，越爬越近，顺着她的脚趾头无法遏制地爬上她的身体。堵到半个小时时，她彻底慌了，给还在金鸣山庄的周云开打了求救电话。接着，院长马虎的秘书就接到了周云开电话，马虎本人就接到了秘书递给他的那张纸条。

可是陈贝贝毕竟是陈贝贝，是见过世面的，在复赛的最后一刻终于被允许登台比赛时，她几个深呼吸就排除了一切杂念，并且超常发挥了自己的水平。

这就把难题留给了组委会主任、院长马虎和评委会主席金太阳。金太阳还好说，他们评委会评的仅仅是演唱水平，选手能不能参赛的事不归他们管。可是马虎就惨了，成绩有效还是无效都在他一句话。也就是说，马虎因为陈贝贝而成了焦点。

这就有了故事，有了无限的猜想。

在组委会会议上，马虎伸出一根手指头说，第一，陈贝贝的水平
行不行，评委会有无可争议的评分，这就不说了。第二，既然陈贝贝
的成绩无可争议，那么能不能让她代表北方音乐学院去争夺金嗓子大
赛的冠军？第三，我们要弄清楚，陈贝贝参赛主观上是为了她个人，
可是客观上，成绩是记在咱们学院的功劳簿上的，咱们学院才是最大
的受益者。第四，她是金教授的学生，参加金嗓子比赛，有先天性的
资源优势，说白了，获胜的希望很大。我说完了，大家看。

组委会不同于评委会，组委会是学院的行政机构派生出来的临时
组织，说到底还是听行政领导的。马虎的一席话，谁都听得出来，他
是希望陈贝贝能够继续参赛的。既然是行政机构，既然院里的最高领
导表态了，干嘛不顺水推舟呢？行。不就是晚了一会吗，毕竟只是选
拔赛啊！可不是吗，选拔赛就要选拔最优秀的选手，还是看成绩！是
啊，成绩在那摆着呢！

陈贝贝成绩有效。

院组委会在官方微博上发布了陈贝贝成绩有效的理由，开门见山，
坦坦荡荡。

许多事情就是这样，你越捂着盖着人家就越较真，你真地掀开了，
说明白了，人家倒宽容了，理解了。陈贝贝被舆论放过了。陈贝贝在
微博上不失时机地向大家说明，自己那天是去城西看病危的姑姑。回
来时路上有事故，堵了将近一个小时，现在院里能让她继续比赛，她
感谢学院，感谢所有的老师同学，更感谢大家的宽容和爱护。陈贝贝
言辞恳切，诚惶诚恐，令大家不放过她自己都觉得说不过去。

这件事就这么过去了。

马虎给周云开去了个电话，电话里他当然不会放过周云开：本来我找过老师，跟他说这次选拔赛我只是挂个名，不出头的，这下好，你一个电话就把我架到火堆上了。周云开说老马你少跟我念苦经，搁你这个大院长身上，这才多大个事呀！马虎说，周云开你是站着说话不腰疼，我跟你没法比，我这里庙小和尚多，一碗粥大家都盯着，你不是不知道。周云开说成成成，算我欠你个人情，改天请你吃一顿。马虎说，把陈贝贝叫上。周云开说老马你想干嘛？算计人家孩子是吧？老马乐了，周云开，你是拿人家当孩子，还是拿我当傻子？

挂了马虎的电话，周云开对坐在一旁的胡南河和鞠花说，听见没有？老马敲我呢。

胡南河嘿嘿一笑，说，老马是个人精，不如跟他明说了。

鞠花撇撇嘴，你们呀，就没一个省心的。

周云开说，还不都是为了你们！

鞠花说，得便宜卖乖是吧？

胡南河说，打住，咱们干脆晚上请老马过来跟他说说算了。

周云开说，你安排去吧。

胡南河走了，屋里就剩下周云开和鞠花。这不是金太阳六十大寿时和鞠花住过的那个豪华套间，那个套间在山庄的前面，是对外营业的。他们现在待的是胡南河庞大的金鸣山庄最靠里面的一栋房子，偏僻而幽静，有单独的小路通往大门。这栋房子是胡南河给周云开的，外表普通内部却极其精致复杂。

在这样一座私密的房子里，不免会使人想到去做一些私密的事。

周云开和鞠花的私密从二十年前就开始了，那时两人是恋人，临近毕业时鞠花突然变卦，旋风般地热爱上了金教授并与之结为伉俪顺便成了周云开的师母。穷苦出身的周云开并没有放过师母，疯狂地在她身上索取发泄报复，二十年来只在鞠花计划怀孕时中断过。鞠花并不想怀一个周云开的孩子，她要确保自己的孩子是金太阳的，金太阳娶了年轻将近二十岁的她，她红杏出墙了二十年，算是扯平，如果再生出一个别人的孩子，那就太过了，鞠花有自己的底线。

鞠花每次过来，都把她的车停在房子后面的小平台上，从前面根本看不见。周云开每次来都是打车，从不开车。这次鞠花和周云开过来并不只是幽会，二十年，纯粹幽会的兴致已经基本荡然无存。鞠花这次来，一是应胡南河邀请，商量他今年推奖的事，二是鞠花的女儿金铃铛已经毕业，她要和周云开商量，把女儿送省电视台当主持人。这事她没法跟金太阳商量，金太阳一辈子都把歌唱当成是世界上最高尚也是最高贵的事业。

周云开说，我还是赞成铃铛读研。

鞠花说，为什么，说说理由。

周云开说，读研，留校，带学生，将来成为一代领军人物，或许今天的金圈子二十年以后就靠铃铛了。

鞠花说，你怎么跟老金一个调子？

周云开说，你要是问我，我就这个意见，你见过省一级电视节目主持人有多大出息的吗？

鞠花摇摇头，但她还是不甘心，说，教书也是很苦的，铃铛心浮气躁的，我担心她受不了这份寂寞。

周云开笑了：你不更是心浮气躁吗，这不也坐上了系里的副主任了？比老师这个年纪还火呢。

鞠花心里乐了，嘴上却说，那能比吗，我这不是还有老金吗？铃铛以后指望谁去！

周云开说，等铃铛到你这个年纪时，你也就刚刚退休，这二十年你不能罩着她？

鞠花说，还有你呢！

周云开坏笑，你放心让丫头沾上我呀！

鞠花说，周云开我杀了你！

两人说着说着就走板了。鞠花突然想起来，哎，不对周云开，你不是想留着文艺节目的主持人位置给胡南河的那个妞吧？

周云开说，瞧瞧瞧瞧，女人就是女人，女教授也还是女人。

鞠花说，别女人不女人的，离开女人你一天都活不了。跟我说说，你是不是也把那个陈贝贝怎么着了？

周云开说，我敢吗？她是我老师的女弟子，是我同学加兄弟的女人。我早说过，金圈子的女孩子我不会动的。说完，见鞠花不信，又补充说，金圈子女孩子的钱我收，床不上。

鞠花说，你这个坏蛋！小心别玩大了。

周云开说知道，这丫头识相。

鞠花心里有点酸。她知道自己年龄越来越大，对周云开的吸引力已经大不如前，要想保持一辈子的交情，就必须超越这种偷偷摸摸的情人关系，回归到挚友，合伙人，哥们。这样，陈贝贝就成了她们之间的必需了。

六

陈贝贝通过了复赛，只是走完了第一步，下面更重要的一步是决赛。她心里清楚，尽管自己复赛发挥得出奇地好，并不表示能在决赛中也能如此出色。毕竟进入决赛的选手都非等闲之辈。这几年关于金太阳教的学生"千人一腔"的议论很多，另外几个教授带的学生因为给人一新感觉，渐渐占了上风。这一点她心里有数。更要命的是她的同学好友刘宝宝也进入了决赛，并且得了复赛最高分。

陈贝贝知道老师金太阳非常喜欢她和刘宝宝，要是非比不可的话，金太阳可能喜欢刘宝宝的成分更大一些，鞠花已经通过胡南河的嘴婉转告诉了她这一些。要想在决赛中胜出，仅仅靠硬对硬地比，她心里没底。

陈贝贝不是刘宝宝，刘宝宝只知道练唱，选歌。她不是，她深知自己和刘宝宝比具有更大的优势，金鸣唱片的老板胡南河铁定了要推她，并且已经拟好了合同。胡南河的身旁站的是周云开，她自己的身边站的是老师的夫人鞠花。这些资源中的任何一项刘宝宝都不具备，可是现在事情还是存在着变数。这个变数一是来自老师金太阳，二是来自院长马虎。

周云开说老马是个不见兔子不撒鹰的人。这话陈贝贝当时就懂了。其实这也是她最担心的，如果刘宝宝成了那只兔子呢？还有老师，她不能确定鞠花能不能搞定老师。她记着鞠花的一句话，你的老师是驴脾气。

当陈贝贝紧张地推演着自己和刘宝宝的胜负时，刘宝宝去了金太阳家。

不是刘宝宝要找金太阳，是金太阳的女儿金铃铛约她去的。金铃铛想自驾去西北，而刘宝宝家就是西北的，金铃铛心血来潮，就想约上刘宝宝同去。刘宝宝说不行，真的不行，这一段时间还要比赛呢，再说老师也不会批准。铃铛说她小气，不光小气，还小家子气。

刘宝宝由着她说，不急不躁。刘宝宝不急，铃铛急了，说刘宝宝我今天明确告诉你，你别苦练了准备了，你拿金奖没戏！

刘宝宝仿佛当头挨了一棒，愣怔了好大一会儿。

铃铛叹口气，说我是看错你了，我还以为你能拿得起放得下呢。

刘宝宝这才回过神来，不解地说，我在初赛和复赛中都是第一，你怎么说我拿金奖没戏？再说，院里的选拔还没进行决赛，离电视大赛还有很长的距离，你又怎么知道我拿不了金奖？难道……

铃铛说，不可救药了，真的不可救药了。

刘宝宝不想这么贫下去，铃铛毕业了，反正没事，你要是陪着她她能贫一下午。再说，她现在心里有了事情，或者说蒙上了一层阴影，需要人帮她拨开乌云见太阳。于是，她起身要走。铃铛急忙拦住她，宝宝姐，跟我说说你们家那边的情况。

刘宝宝说，我们家有什么好说的，穷乡僻壤，山高林密，进个城都得一整天。

铃铛说，对对对，要的就是这个，说说说说！

刘宝宝被她缠得没办法，就告诉她，自己家在大西北，靠近黄河沙坡头。铃铛打断她，你们家真的就在沙波头旁边？刘宝宝说基本是，很近。铃铛兴奋地蹦起来：天哪！我要去的就是沙坡头，听说那儿滑

沙很惊险，很刺激，很好玩！然后抱着刘宝宝就亲一口：姐，你真是
我的亲姐，我到那边，就住你们家，行吗？

刘宝宝警告她，去是去，反正你要小心，不带个老帅哥给你开车，
累都把你累死。说完起身就走。

铃铛喊她，回来！

刘宝宝回过身来：凶什么凶？该说的都说了，耽误我半个小时了。

铃铛说你等着，然后进卧室翻腾。一会出来，抱了一堆衣服：宝
宝姐，我去看你复赛，你穿着牛仔裤 T 恤上台唱歌，不知道的还以为
你是练摊的呢。我给你捯饬捯饬。

铃铛也不管刘宝宝愿意不愿意，上去就把她的外衣给扒了，再一
把，把内衣捋了。急得刘宝宝穿着胸罩，两手抱肩在屋里乱蹦。铃铛
上去就往刘宝宝胸上摸了一把：嘿，真瓷实，瞧这身材，我要是个男
人，非……

"咔"的一声，客厅门开了，金太阳回来了。刘宝宝"妈呀"一
声，"嗖"地蹿进铃铛的卧室。

铃铛冲金太阳开玩笑：哟，金教授您怎么这么有眼福呀，都让您
给看见了。

金太阳问，我看见什么了？

铃铛说，您没看见？哎呀，老了老了，真是老了。说着进了卧室。

等铃铛推着羞答答的刘宝宝再出来，金太阳眼睛一亮，上下打量
了半天，说，这不是宝宝吗？

铃铛问，好看吗？

金太阳说好看好看，不是一般的好看，那是相当好看。

此时的刘宝宝，被铃铛给捯饬得快成天仙妹妹了。铃铛其实也没什么好衣服，可是她会捯饬，她把自己的纯毛格子长裙，搭上蓝底白花的中式对襟上衣，再加上一条白色的真丝围巾，把刘宝宝给弄得说土不土说洋不洋，既传统又时尚，透出一种说不出的美。把金太阳整个看傻了：啧啧，头一回发现，我们宝宝这么美，美，真美！

铃铛问，金教授，下次宝宝姐穿着这身当演出服行吗？

金太阳不假思索地说，行，当然行，好看！

金太阳就是金太阳，好就说好，不好就是不好，别想让他藏着掖着。

试也试了，刘宝宝想走，就要把衣服换下来。金太阳急了，不换不换，就这样穿着。

刘宝宝说这是铃铛的。

铃铛说，干嘛呀姐姐，我这叫投资，等我到了你家，住几天不给钱，行了吧？

刘宝宝乐了。金太阳晕了。

七

刘宝宝穿着铃铛给她搭配的衣服从金太阳家出来，马上吸引了众多的目光。刘宝宝心里美，脸上不露，自顾自轻快地走着，甚至哼起了小曲。她没有注意到，陈贝贝就在不远处，并且疑惑地看着她。

陈贝贝见到光彩照人的刘宝宝迈着轻快的脚步从金太阳家出来，无疑是一个足以引起她警觉的信号。这个信号使她不安，并促使她做出了一项抉择。她对着刘宝宝远去的背影，给马虎打了个电话。

她深深地了解当代社会的一些男人，做官的也好
做商的也罢，只要单独和一个女孩子出来了，一定就
想要实质性的东西。

　　晚上，东城湖中的船上，陈贝贝和马虎两人面对面坐着，中间是
一只小桌，旁边是类似于榻榻米的卧具。这是一条酒吧船，虽然租金
不菲，但陈贝贝觉得值。再说了，这钱也不是她掏，是胡南河给的，
只是马虎不知道是胡南河给的，胡南河不知道她约马虎。

　　灯光恰到好处，湖面上渔火点点——当然是人造的。船上的音响，
若有若无地放着克莱德曼的《水边的克里蒂娜》，曲子有点老，有点一
般，但却是作为音乐学院院长的马虎选的，他和他的初恋情人就是听
着这支曲子发生了历史性的初吻。这些，马虎说给陈贝贝听了。

　　马虎当然知道陈贝贝不是来听他的初恋故事的，即便陈贝贝做出
非常愿意听非常感动的表情，他也不会被冲昏头脑，他知道陈贝贝要
什么。他知趣地转了话题，告诉陈贝贝，这次复赛他是怎样让她的成
绩有效，下面的决赛竞争将会有多么激烈，金教授作为评委会主任有
多么铁面无私等等。陈贝贝知道，马虎这是叫价呢。把着了马虎的脉，
陈贝贝就接着他的话诚恳地说，我能参加复赛，真是感谢院长。

　　马虎摇手，这还早着呢，决赛才是重要的，我担心金教授那张铁
脸。当然，你要是发挥得好也说不定。

　　陈贝贝决定不说套话了。套话毕竟是虚的。她深深地了解当代社
会的一些男人，做官的也好做商的也罢，只要单独和一个女孩子出来
了，一定就想要实质性的东西。船篷不够高，她移过来，坐在马虎身
边。陈贝贝没擦任何香水，她知道，自己身上年轻女孩特有的乳香足
以令所有的男人神魂颠倒。这话是周云开说的，胡南河也说过。此刻，
淡淡的迷人的乳香从她身上，确切地说从她隆起的双乳间袅袅升起，
一湖灯火，一派秋水，那香气弥漫在船舱里，包围着马虎。

马虎果然晕了，也果然说了和胡南河一样的话，宝贝，你身上有一股特殊的香气……

第二天，马虎见到了陈贝贝，他多少觉得脸上有点转不开。可是陈贝贝清澈的眼睛和平时完全一样，马虎认真地看了那双眼睛，又认真地研判了陈贝贝的表情，一切都告诉马虎，昨晚没发生那件事。这让马虎为之感动。

被感动了的马虎找来了复赛的光盘，用了一上午认真地研究了那天的比赛，然后在下午找了金太阳。

老师，那天比赛，刘宝宝是不是有点紧张？马虎说。

哦？是吗？金太阳问。

马虎说当时我就有这种感觉，上午我又看了复赛的录像，还真是这样。这孩子，还是缺乏比赛的经验。千万别弄出和去年咱们推荐的那个选手一样上了台就跑调的事儿来。

金太阳说，你这么一说，我倒是也有这种感觉。

马虎说，还好，这只是学院内部的选拔赛，要是到了"金嗓子"比赛上，还不把孩子给吓坏了！

金太阳看着马虎呵呵地笑，你这个院长心还真细。年轻人，大风大浪的多着呢，怕也怕不了。我再找她谈谈。

马虎说，可是，咱们选出来的选手，是代表学院的，一年一度，咱们输不起呀。

金太阳说，那你什么意思？

马虎说，嗨，我这也就是这么一说，院里其他同志也有这个顾虑。

马虎正说着，手机响了。他看了一眼，是鞠花打来的。忙对金太阳说，我得回办公室了，回头有空我再找您。说着就走了。

金太阳怔怔地站在原处，弄不清马虎肚里装的是什么。

马虎接完电话，直接去了西山的金鸣山庄。

周云开、鞠花和胡南河都在。周云开当头就说，昨天让胡南河跟你说得好好的，晚上左等右等你都不来，电话也关了，什么意思老马？

马虎拍了下脑袋，恍然大悟：嗨！真该死，忘得死死的。昨晚老家来人了，一张罗，忘了。

周云开说，装，装，再装，逍遥就说逍遥去了，跟谁都说瞎话。

马虎说真的真的。

胡南河说，给老马个台阶吧哥们，谁没点见不得光的事呀。说着朝马虎挤巴挤巴眼皮，是吧老马？

马虎说嗨！

鞠花说，别扯了别扯了，没看见老马汗都出来了？

周云开说，放你一马！南河你跟他说。

胡南河说推奖的事我早就跟老马打过招呼了，就等着老马给个明确的态度。建艺术馆的事，嗨，还是你说吧云开。

周云开显然不满意胡南河的磨叽，说，你就跟他直说了，又不是没他的好处。

胡南河清清嗓子，说，老马，我知道你们学院也没多少钱，给老师建艺术馆的钱你们掏不起。这样，你们出名义，出地，钱由我来弄。

马虎有点诡异的眼神紧盯着胡南河，慢悠悠地说，你能当雷锋？打死我都不信。说吧，别憋着。

鞠花说，瞧胡南河那个磨叽劲，我来说吧。胡南河是想搞一个股份制的机构，咱们学院出地，他们出钱，建好了产权按股份分。我说清楚了吗？

胡南河说是。我还得补充一点，就是要把临街的部分分给我们出资方，你们学院分校内的艺术馆主体建筑。

马虎惊愕地张大了嘴：我的天哪！临街的可是一百二十米长啊，你的胃口也忒大了了吧老胡！

胡南河说，我要这么多不是全归我个人的，这里面有你的，鞠花的，还有……

还有我的！周云开说。

马虎说，这事太大了，太大了，我脑子乱，得好好想想。

胡南河说你还想啥呀，要不是咱们圈子里有这种资源，你老马就是想掺点自己的私活都找不到可靠的人。

马虎沉吟，问周云开，你怎么看？

周云开说，老马，这事我想过，从法律上是没有任何问题的。你可以想想，如果觉得有问题，可以讨论，也可以不干。但咱们是同学，都是金圈子里的人，所有的信任和利益都是建立在这层关系上的，我周云开没必要为这事丢官，你也是，鞠花也是。南河虽说是商人，可他的利益和风险不比咱们小。你考虑一下。

鞠花补充了一句，艺术馆和它的附属建筑是没有使用年限的，就是说这个股份制的结构是可以永远传下去的。

马虎其实觉得胡南河的主意不错，这种操作也许是最合适的。但他不能轻易答应，他知道，拿捏到位才能给自己叫个好价。他两手搓搓亮闪闪的脑门，说，你们知道，就算我答应了，学院里也不是我一个人说了算的，那几个副院长，一个个的比他妈的猴都精。这事创意不错，可操作起来，难。

周云开带点鄙夷地看着马虎，对胡南河说，跟他说。

胡南河扯过一张纸，用签字笔在上面写了几串数字，用笔尖点着给马虎看。马虎看着看着，眉眼和嘴就关不住喜色了。他习惯地抚摸着宽敞油亮的脑袋前壳，含糊地说，行，我试试。

周云开说都半辈子了，还他妈改不了不见兔子不撒鹰的臭毛病，商人，奸商！比胡南河还奸！

胡南河把笔一放：哎，云开，我奸吗？

周云开说，你不奸？我们几个人让你算计得团团转，你还不奸？

马虎说，对，要说奸，就数着你胡南河了，整天把我们使唤得跟驴似的。为了帮你拿这块地，我、鞠花、云开没少了找能歌善舞的小姑娘陪你请的那些个手中有审批权的吧？是不是鞠花？

胡南河赶紧承认，是是是，我奸我奸。

大家乐了，屋子里响彻学院派的笑声，胸腔共鸣，荡气回肠，绕梁三日。

八

马虎终于把金太阳说动了。金太阳看完复赛录像，确信刘宝宝在演唱时有点紧张，她的眼神和站姿都显得僵硬，如果不是功底好，十有八九就被陈贝贝给超了。同时他也相信，陈贝贝经过迟到引发的停赛风波，能在极短的时间内发挥出超常的水平，实在是一个难得的适合比赛的选手。

金圈子

但马虎并没有改变金太阳，金太阳坚定不移地认为，比赛比的是歌手的真实水平，而不是应变能力。因此，他坚信如果好好点拨点拨刘宝宝，让她增加点比赛经验，陈贝贝还是赶不上她，金嗓子大赛的冠军怎么也有九成把握。

对金太阳的固执，马虎是十分了解的，但他只想到了金太阳会以学院的名誉为重，没想到他会辩证地认识这个问题，一时竟想不出什么好的说辞。沉吟片刻，马虎把话题转到了艺术馆上。

一提起艺术馆，金太阳就兴奋起来，一再对马虎表示感谢，让马虎转告周云开和胡南河，决赛完了，我请他俩吃饭，地方由他们挑。

见金太阳高兴，马虎就又把话题拉回到比赛上。他说，云开和南河为了筹措建馆资金，最近约了不少企业家，这些人里竟然有不少是陈贝贝的粉丝。哎你说怪不怪呀老师？这陈贝贝多少年前在电视台的比赛中得的冠军，到今天还有一堆企业家粉丝。真不懂！

见马虎不懂，金太阳诲人不倦的劲头上来了：这有什么不懂的？各人的喜好口味不同，不同的听众会被不同的情景打动，这很正常。陈贝贝人长得好，歌唱得也好，喜欢她的人多也正常嘛！

马虎自嘲地一笑，呵呵，我还是不明白。你说这孩子是不是挺有观众缘的啊老师。

金太阳说这倒是。嗨，这些事你就别操心了，决赛时看她们自己的表现吧。

油盐不进。马虎知道，金太阳并不是成心，他是个天真的人，他的天真固执和直率本来是吃亏的三大要件，可在学院这个复杂的环境里，这三大要件反倒成了他绝好的防弹衣，几十年来从未有人发起针对他的攻击。这简直就是塞翁失马因祸得福。马虎谈不下去了，再谈下去被老师识破，准是一顿臭骂。他决定把这事交给鞠花。

鞠花对付金太阳一直是最有办法的，二十年前她就凭着娇和蛮把金太阳弄得神魂颠倒，虽然过了二十年，相对于金太阳，她也还远远没到年老色衰的地步。何况夫妻俩已经形成了一种惯性，一种定式。鞠花开口就直奔目标：哎我说老金，你们评委干嘛不推陈贝贝？

金太阳说，我反对你用推这个词。

鞠花说本来就是，我不用这个词，换一个一针见血的，你们干嘛要压着陈贝贝？

金太阳说，你这人说话怎么老是带着攻击性！

鞠花说，本来就是。看不惯就得说。那个刘宝宝，一天到晚眼里只有自己，练啊唱啊，跟你学得快油盐不进了。人家周云开、胡南河有重要客人，想请她陪客唱唱歌，她一次也不去。

金太阳长叹一声，不无自豪地说，这就对了！这才是我金太阳的学生。金太阳的学生不唱堂会，不做当官的和老板的二奶。

鞠花哼了一声，我今天给你老金打个赌，如果刘宝宝能登上金嗓子的领奖台，我天天倒着走路。

爸，他们早有蓄谋了！金铃铛在卧室里喊。

鞠花说去，小孩子懂什么？又对金太阳说，看看人家贝贝，清纯豁亮，又有礼貌！

她那是装的，我的鞠副主任！金铃铛在卧室里插言。

鞠花说，去！大人说话呢！

铃铛说，装的就是装的。我告诉二老啊，她和胡南河早就混得滚瓜烂熟，荣升为胡家的二奶了。

鞠花说，去你的，我跟你爸说话呢。

铃铛说，要不就是别有用心。

鞠花起身，"咣"的一声把铃铛的卧室门关上。金太阳突然问，是不是马虎托你说的？

鞠花一下子有点张口结舌，问，怎么了？怎么跟老马又扯上了？

金太阳说那就是胡南河，对不？见鞠花未置可否，他严肃地说，鞠花，我觉得不对劲，你们是不是合着伙的，有什么阴谋？

鞠花本能地往起一站，接着又坐下：你是不是真的老了？随便说说的事怎么跟老马、南河又扯上了？

金太阳说，你们都在关心陈贝贝，好像唯恐我打压她，这不有点奇怪吗？

鞠花说，不跟你说了，老了老了怎么就变得疑神疑鬼的，没劲。

金太阳盯着不放，别跟我说老了，我老吗？你以为打击我我就承认老了，傻了？别拿我当傻子！

金太阳起疑，这是鞠花事前没有想到的。但她明白，金太阳是驴性子，不能对着来，于是就撒起娇来，干嘛呀干嘛呀，成，你不老，我老，我人老珠黄行了吧？

金太阳最不能容忍别人的欺骗，更不愿让人当猴耍，他一旦怀疑自己成了猴，脾气就上来了。他瞪了鞠花一眼，一声不响地出了门。

下了楼，金太阳根本就没想往哪里去，只是任凭自己的两只脚带着他走进了学院角门旁边的酒吧。这个酒吧叫艺术酒吧，是金太阳一个毕业十几年的学生大平开的，里边还设了十几个带卡拉 OK 的房间。

金太阳早就听说这个酒吧不干净，一些外地进京的老板经常光顾这里，让大平帮着约在校生陪老板请的重要客人唱歌。大平和马虎的私交极好，通过马虎做招生的生意。艺术学院招生先考专业课，这个专业课考试的门道很多，那些一门心思当明星的少男少女和家长们往往在"入门"方面不惜代价。大平曾对考生说过，只要你进考场写上名字，剩下的事我来办。周云开骂过大平，说他招一次生能挣百八十万，至于是否属实，没人举报，当然也没人去查。不过，大平根本不理会周云开之辈的嘲骂，哼，你周云开又是好东西？

见金太阳进来，大平十分意外，毕恭毕敬地叫他先生。金太阳点头还礼，然后坐到一个角落。

金太阳不爱生气，即便是生了气也是当面嚷嚷一通，嚷嚷完了也就完了，对学生对同事对领导都一样。可是这次不同，这次生气有点说不清缘由，他只是对鞠花干涉比赛有些反感，尤其是鞠花说他老了。大平拿来了最好的酒，说明了是他请客，以表示对先生光临酒吧令他蓬荜生辉的感谢。金太阳伸手止住。他挺爱喝酒，但酒量不行，平时二两白酒准趴下，大平的好酒他有点犯憷，就自己过去挑了一瓶干红。他平时从不自己掏腰包买酒，当然不知道价格。这一瓶红酒两万多，一杯就是好几千。大平皱了皱眉头，妈的，我不向老师收钱，但也不能赔那么多。他脑子转了几圈，赶忙给胡南河打了个电话。

金太阳注意到，刚才还放着的美国女星碧昂斯的《疯狂爱情》，换成了经过改良的西部民歌《赶牲灵》。大平知道金太阳喜欢原生态的东西，他每次教学解析这首歌的旋律时，要么热泪盈眶，要么泪流满面。他退休前说过，退休后到西部去搜集整理西部民歌。此刻，金太阳沉浸在音乐的感动里，一股淡淡的忧伤涌上来，对鞠花的反感，使他想起自己的前妻，还有前妻之前的前妻。一瓶酒，就掺着这股淡淡的忧伤慢慢地喝下去。

从酒吧出来，他觉得头有点儿涨。这是不是爱喝酒的人说的醉了，他不知道。他漫无目的地走在行人稀少的大街上，发现偶尔路过的人们向他投来奇怪的目光。他摇摇头，笑一笑，就坐到了地上。朦朦胧胧的，他觉得陈贝贝跟他说话，他朝她笑，她以责怪温情的目光看着他，然后扶着他往家里走。金太阳的头舒服地靠在她的肩上……

家里的门开了，铃铛从陈贝贝怀里接过金太阳，吃惊地嚷嚷着，怎么了这是？怎么了这是？你想拿金奖，也不至于这么坑老师吧，你自己怎么没喝多？

陈贝贝笑笑说我没喝。鞠花这时也出来了，一边朝陈贝贝挤眼，一边大声嚷嚷，这是干嘛！金太阳喝道，鞠花！鞠花不理他，对陈贝贝恨恨地说，你骗不了我！说完，门"咣"的一声关上了。

陈贝贝表面上十分委屈，一出门转过脸就偷偷地笑了，然后给胡南河打了个电话，老公，谢谢你！

九

第二天事就来了。

北方音乐学院的内网上出现了一个帖子，题目是《金师母夜斥神秘女》，内容不外乎是某女生搀扶着烂醉如泥的金教授回家，被鞠花斥为第三者。接着外网上也出现了相同的帖子。学院里一时传为桃色话题。

金太阳上班路上遇见的不管是老师还是学生，虽然还是以往那样客气，但目光躲躲闪闪，神情不太自然。一位比他年龄还长，来北音时间还长，早已退休的老师直言不讳地告知了他此事，让他吓了一跳，上网看了一下果真如此。他依稀记得，昨天夜里是陈贝贝送他回家的，那么网上的这个某女生指的就是陈贝贝了。这是怎么回事呢？难道有人跟踪我金太阳，故意找我的茬子？这个人是谁？

　　他给鞠花打了一个电话，鞠花声音生硬地问他，干嘛？

　　金太阳说，你昨晚对陈贝贝怎么了？

　　鞠花说，你问我，我还问你呢，你昨晚和她干嘛去了？

　　金太阳说，昨晚我自己喝酒去了，跟人家有什么关系！

　　鞠花说，哟，这么巧！老金，你要编也编圆了，我不是三岁两岁的孩子。

　　金太阳说，你诬蔑，不许你污蔑人家孩子！

　　鞠花说，哟哟哟，你都能作践，还怪我污蔑，哎呀你让我怎么说你呢。我以为你对刘宝宝比陈贝贝好，没想到你给我来暗渡陈仓啊！

　　金太阳气得直喘粗气，说，鞠花，我和你好歹也多年夫妻了，我咋样你不知道？论年龄，那闺女得叫我爷爷，论学生里排辈，她排八代都排不上。你说我能……

　　鞠花在电话那边沉吟了一会儿，说，老金，这事我也不信。可是它就出来了。你想想，你想想，肯定你圈子里人干的。我敢断定不是对你心怀不满的，就是陈贝贝的竞争对手。

　　金太阳一下子愣住了。鞠花这不明摆着是在说刘宝宝？不会的，不会的，刘宝宝不会的。他挂断鞠花的电话，坐了好长一阵子。不知为什么，他心里不是想陈贝贝会不会经得住这些谣言，而是担心刘宝宝。这孩子万一也信了网上的谣言，心里肯定会对老师产生不好的看法，甚至会动摇参加比赛的信心。

正在开院务会的马虎，听秘书说了帖子的事，赶紧打开电脑。他迅速把帖子浏览了一遍，给秘书说，通知网管，赶紧删了。秘书说，删了没用，外网上已经发了。马虎说，那也先删了！秘书说，好，我去。不如您找金教授了解一下，看谁造谣的，严肃处理。

马虎匆匆结束了院务会，赶去找金太阳。远远地，他看见金太阳走进了女生宿舍，赶紧就跟过去。

刘宝宝宿舍门口，金太阳敲门。门开了，刘宝宝有点意外：老师，您怎么来了？

金太阳什么都没说，冲刘宝宝深深地鞠了一躬。

刘宝宝慌了，干嘛呀老师，您这是干嘛呀！

金太阳说，网上的事你都知道了吧？

刘宝宝苦笑一下，那又怎么样？

马虎赶过来，说，金老师！

金太阳看了看马虎，继续对刘宝宝说，老师希望你不要相信那些谣传。

马虎说干嘛呀老师，有什么呀！谎言就是谎言，学院网上的帖子已经删了，我这里正查着呢！

刘宝宝说嗯。

马虎拉着金太阳走了。边走边说，老师您活到这把年纪了，什么风雨没经过，什么世面没见过？这点事，有什么呀！

金太阳回到办公室，学院网上的帖子果然没了。他郁闷地点上一支烟，刚吸了两口，隔壁办公室的同事就跑来告诉他，网上出照片了。

金太阳赶紧上网。照片上，自己的头靠在陈贝贝的肩上，另一幅照片上，陈贝贝的手还抚摸着他的头发——金太阳傻了。对同事说，不是这么回事！不是这么回事！正说着，鞠花的声音噭噭地就从走廊的另一头排山倒海地涌过来：这也太欺负人啦！老金你怎么会掉入别人的陷坑。

鞠花破门而入。金太阳没等她说话先开了口，我打算发个帖子说清这件事。我不能让我的学生背上这样的名声。

鞠花劝道，算了吧老金。你没听人说越抹越黑。你怎么说？你说你没喝得烂醉如泥？你说你没遇见陈贝贝？你说你金太阳不喜欢漂亮的女孩子……

金太阳一拳砸在办公桌上，指着门大喊：你给我滚！

鞠花一惊，给镇住了，回过神来后，哇哇地哭着去找马虎。

马虎也正在郁闷着，网上不光出现了照片，还有文字，文章的内容直指院领导，说院领导删了帖子，是欲盖弥彰。鞠花一进门，马虎就起身关上了门。回过身来，马虎就迫不及待地问，这事是不是你们干的？

鞠花说，我们？我还能往自己老公身上泼脏水吗？

马虎很激动，说，老师这辈子就是个大孩子，不招谁不惹谁，他心里只有音乐，你们要是算计他，我第一个不干！

鞠花说，真的不是我，我不知道是怎么回事！

马虎说，不是你，也跑不了胡南河和周云开他们。你转告他们，他们要是这么做，什么事情就都免谈！

鞠花笑笑，老马，老金的事情先不说。金圈子现在是什么样子你也知道。要想维护金圈子，你首先得带头。你，是不是有什么事情也见不得人？

我？马虎有点慌，他突然想起自己和陈贝贝的事情是不是也陷进了某个阴谋，忙问，我怎么了？

鞠花还是不可捉摸地笑着：我就是问问，有没有的你自己知道就行。

马虎说，你们想怎么样？

鞠花说，老马，你别老你们你们的，听着外气。再说，他们也不是外人，谁都不会把人往火坑里推。

马虎说，那金老师的事怎么解释？鞠花，你怎么会变得这么歹毒？

鞠花说，老马，你说说就说说，别说过了，老金的事情我也纳闷呢。

马虎说，整个就是一阴谋，我去过大平的酒吧了，昨晚上老师就一个人在他那喝酒，喝了一瓶干红，走的时候就醉了，怎么半路上杀出个陈贝贝？

鞠花说，是不是刘宝宝找人干的？

马虎摇头，不会，那孩子不会。不就是评个奖吗，至于吗！还有，你们是不是跟踪我？

鞠花说，想哪去了你。

马虎再想想那晚的事，开始后怕起来，陈贝贝要是胡南河派来卧底的，那就麻烦了，自己这辈子就别想翻身了。眼下，马虎绞尽脑汁也没想出什么好办法，如果陈贝贝是胡南河派来的，那就彻底完了。退一步说，陈贝贝如果不是他们派来的，那自己也清白不了，鞠花话里的意思清清楚楚，他们起码跟踪了，并且手上有照片之类的把柄。

到这时马虎突然明白，杀鸡儆猴，大名鼎鼎的金教授，金圈子的旗手，只不过是用来儆猴的那只鸡，自己才是被儆的那只猴。

马虎的汗冒出来了。

十

接下来的事情急转直下。

决赛时，金教授当评委的学生几乎一致给陈贝贝打出了高分。你想想，不管是绯闻还是真的，陈贝贝和老师的感情肯定比一般的师生之间感情好，最起码老师是挺她的。再说，有人造谣，老师为什么不站出来辟谣？这是第一。胡南河在决赛前摆了一桌宴席，什么也没说，只讲同学之间的情谊。陈贝贝是金太阳这一届学生中唯一参加的，还当场唱了两首歌。周云开当场点评，说陈贝贝唱得好。这无疑是给那几个评委打了招呼。这是第二。第三个原因是刘宝宝成了众矢之的，认为她不该为了比赛与自己一师之姐妹大动干戈甚至不择手段，连累了老师。

刘宝宝最终放弃了决赛。而且，她还报名毕业后回西部老家工作。

陈贝贝没有因为网上的新闻受任何影响。她代表北音进入了金嗓子的厮杀，后来果然站到了金嗓子大赛的领奖台上，捧回了金灿灿的金杯。周云开给她颁奖时，低声对她说了一句，迷人！

铃铛走了。她留下了一封信，信里说她永远是她爸爸的粉丝。也没有人知道她去了哪儿。

再接着是金太阳辞去了院选拔赛评委会主任的职务以及金嗓子评委会主任评委的职务。学期结束，他又辞去了在北音的所有职务，不再带学生了。有一天晚上，马虎请金太阳喝酒，两人也是在东城湖租了一条船，马虎特意租了上次和陈贝贝一夜欢情的那条，两人都喝醉了。金太阳舌头根发硬，结结巴巴地说，那个艺术馆别建了。你们要是，要是敢用我的名字命名，我，我他妈的告你们！

金太阳半个月后开着他的路虎去了西部。关于他的去向，众说纷纭，有的说西部的某高校出了五十万的年薪把他聘去了，有的说跟某某人好上了，走了。反正往好处编排的不多。

鞠花知道，他去找女儿去了，虽然她不知道女儿在哪里，但她坚信，金太阳一定知道。

女儿和金太阳走后，鞠花觉得家里一下子冷清下来。以前她不知道自己究竟想要什么，现在想来，她想要的东西都不是那么重要了，倒是这个冷冷清清的家，她想让它重新暖和起来。

马虎在金太阳走后的一个月里什么人都不见，有点闭关的意思。一个月后，他和胡南河签了合作建设北方音乐学院艺术馆的合同。院里为这事连着开了几天会，每个人的发言都记录在案，并且有录音录像。媒体把北方音乐学院利用社会力量建设艺术馆的事作为重要新闻发布，并且开展了讨论，都觉得这是一条很好的路子。

胡南河因为建设艺术馆而出了名，作为一个有良心的企业家，他在电视台采访他时，特别提到了师道尊严，他认为，"一日为师终身为父"的古训一定要发扬光大。

这回金太阳不当教授了，他成了校长。

2012 年的春天，西部某地，刘宝宝的老家突然受到了方圆几百里学生家长的关注。众多家长带着孩子赶过来。金太阳在刘宝宝的家乡开设了一所音乐学校，免费开展音乐教育。他的学校里，只有两个老师，一个是刘宝宝，另一个是金铃铛。

这回金太阳不当教授了，他成了校长。

当然，也有人在网上发贴子，说金太阳打算娶第四个老婆……

原载 《北京文学》 2012 年第 9 期转载

《小说月报·增刊》 2012 年第 4 期

消失的绿洲

惊喜异常的潘广播拼命地蹬着自行车，四十多里路只用一个半小时就赶到了。停放自行车时，他才觉得两腿发抖，双脚发麻。他咬着牙回到办公室，脸没洗，茶没喝，铺开稿纸就开始动笔，一篇2000多字的通讯一气呵成，最后加上标题。这是他写稿的习惯，先写内容再写标题。他把这篇文章的标题定为《黄河故道上的那一片绿洲》。

文章的开头写得有声有色，引人入胜：被称为"大沙漠"的黄河故道，沉寂了一百多年，在这片兔子不拉屎的地方，今天却生长出了奇迹—— 一片生机盎然的绿洲。

　　　　他家就住在黄河故道不远的村子里，一到春秋风
季，天天风起沙飞，吹得人睁不开眼，打到脸上还发
疼发麻。

　　文章中有不少精彩的句子，如：一千多株挺胸昂头的钻天杨，虽
然年轻稚嫩，但蓬蓬勃勃，充满了力量，显示出旺盛的生命力；再如：
2000多株苹果树已经开始发芽，笑得像阳光般灿烂，二十多种不同
姓名的树苗争先恐后地落户在同一片土地上，预示着这片土地的希
望……在写到文章的主人公、林业技术员汪光明育苗时有一个情节写
得非常生动：他轻轻地，轻轻地抚摸着那棵因缺水渴死了的果树苗，
就像抚摸着熟睡的孩子，心疼的泪水夺眶而出……

　　写完这篇报道，他的泪水在眼眶里直打转。这时，他才觉得肚子
饿了。

　　潘广播是在几天前下乡调研路过黄河故道边上的马楼村时，偶然
发现这一奇迹的。

　　作为土生土长的当地人，潘广播从小就知道黄河故道。之所以称
故道，就是黄河过去流经的河道。他听老人和老师讲过，百年前的黄
河是从他家乡流过的，到了清代咸丰年间不知哪根神经出了问题，一
个鲤鱼打滚，从河南改了道，旧河道干涸后，沙土渐渐淤积成了沙荒
地带，有一千多里。他家就住在黄河故道不远的村子里，一到春秋风
季，天天风起沙飞，吹得人睁不开眼，打到脸上还发疼发麻。他记得
他爹妈下地干活走前，都会拉一张席子把晒得粮食盖上。就这样，吃
饭的时候还会经常吃到肚子里沙粒。至于地里的庄稼被飞沙掩埋、减
产或者颗粒无收的情况，隔三五年也会出现一次。所以，他所在的村
和邻近几个村没断了吃救济粮。

　　他上小学二年级那年秋天，一个同学家里的羊丢了一只，叫上他
和另一个小伙伴帮着去找，找着找着到了黄河故道上。正遇上刮大风，

风卷着沙粒漫天飞舞，一时天昏地暗，他和那两个小伙伴近在咫尺却像睁眼瞎，看不清对面的身影。一个小伙伴吓得嚎啕大哭，这一哭不要紧，沙粒飞落到嘴里、喉咙里，风沙过后抠了半天漱了半天才干净。等到风停了，他们却找不到了返回的路。幸亏他爹发现他不见了，带着人找来，他和那两个小伙伴才得了救。他爹又气又急，把他摁在地上用鞋底打了足足二十下，让他记住黄河故道上有"沙老虎"。从此，"沙老虎"的阴影一直笼罩在他心里。如果不是接到部办公室的通知，让他赶到故道北边一个乡去接部里另一位同事，他不会走故道那条路。

他所在的县委宣传部有十几个人，只有三辆公用自行车。他骑了一辆下乡调研。他的一位同事在黄河故道一道之隔的邻乡蹲点，要回去开会，部办公室想到他离得近，就通知他去接那位同事。如果他不从黄河故道上过，就要绕几十里的路，那样就可能误了那个同事开会的时间。好在已经到了春末夏初，少见刮大风，即使这样，他也没忘了戴上口罩，预防沙粒飞落嘴中。

黄河故道比周边的村子高出很多，就像一条悬在空中的沙龙。他上了黄河故道走了大约二三里地，眼前突然出现一片绿色。怎么会出现这种幻觉呢？他揉了揉眼睛又仔细看了看，的确是一片绿色，那片绿色在漫长的沙荒中，仿佛茫茫大海中的一艘船，显得格外引人注目。因为有了那片绿色，沙荒突然有了生命，而且鲜艳生动，生机盎然。他不由自主地下了车，连车架也忘了撑起来，兴奋地向那片绿色扑过去。当时的他的确很冲动，很兴奋，很忘乎所以。当他的手触摸到一棵棵果树苗时，竟然不能自制地像个遇了喜事的孩子一样一蹦三尺高，欢呼雀跃地高呼：奇迹，人间奇迹！毛主席万岁、共产党万岁！

这是一个从小深受过飞沙祸害的农家子弟发自内心的声音。

接下来，他认识了汪光明——黄河故道园林场的年轻技术员。他当时因为要去接送同事，没时间与汪光明多谈。不过，与汪光明分手后他的心一直没有平静下来，接上那个同事后，一路上他都在反反复复说着在黄河故道上的见闻。回到部里，他当即向部长报告了他的发现。他说，我现在就回到那里去采访，我要把这一人间奇迹尽快向世人宣布。部长赞许地拍了拍他的肩膀，打开抽屉取出几张饭票，对他说，去食堂多买几个馒头带上！他临出门时，部长又叫他回去，亲自给自己外出开会和下乡时经常背着的旧军用水壶灌满开水，又亲自给他背在身上，再次拍了拍他的肩膀。

潘广播当天晚上到了黄河故道园林场，住进了汪光明的窝棚里。汪光明听说他是县委宣传部搞通讯报道的，开始直摇头，无论他劝说也好，诱导也罢，就是不愿掏他需要的"先进事迹"，急了，就一句话，我是国家培养的，不能让国家的钱白扔了！那一夜，潘广播急得真要发疯。

第二天，潘广播绕开汪光明，先找园林场的解场长聊。解场长是一位南下干部，抗日战争时期在胶东半岛打过几年游击，解放战争时期当过武工队长、支前队长。他向潘广播介绍，园林场是徐州解放后的第二年创建的，十几个人捣腾了一年，平了几十座沙丘，树苗也栽了，可风沙一来，掩埋的掩埋，连根拔的连根拔，一棵也没成活。县里一位领导发了话，那茅草都不长的屌地方能种树？别朝沙坑里扔钱了，撒！说到这里，解场长挥了下右手，咧了咧嘴，那位领导也没错，新中国那时百，百……

潘广播好心好意，也是出于理解，主动接上说，百废待兴。

解场长挥了下右手，瞪了他一眼，打那起就一脸不是一脸。潘广播以为是勾起了他不愉快的回忆，小心地陪着笑，解场长这才往下说。但是，有的领导不同意，说再让他们试试。正好，县里分来了位学林的大学生，我就把他要来了。

是汪光明吧？

解场长点点头，说，这小伙子不哼不响，不吵不嚷，一天到晚不是泡在荒滩地上就是蹲在实验室里。到春天的时候，他就给我递了军令状……

军令状？潘广播很感兴趣。

解场长说，你也不懂了吧？军令状是军事上的用词，就是，就是，就是向我表决心，让我给他五百斤草种两千棵树苗。他伸出右手，先是摇了下巴掌，又伸了两根指头。潘广播这时才发现解场长左边的袖子空荡荡。他对眼前这位中年男人肃然起敬。

解场长说，结果呢，草倒是满地爬了，树只活了不到一半。小汪哭哭啼啼地要求我处分他，说是给国家造成了损失。我气得踢了他一脚，辟头盖脸骂了他一顿。

潘广播有点紧张，说，这，这也不能全怪他吧！

解场长说，对嘛！我对他说，成活一棵老子都奖你，别说成活一半了。那个屌孩子敢说你一个不字，老子砍了他。

潘广播舒了一口气，向解场长竖起大拇指，场长你说得对做得对。成活一棵，说明他也是成功的，毕竟在黄河故道荒滩上创造了生命的奇迹。

谈到创业的艰苦，他们无一不感慨万端；谈到成功的喜悦，他们又无一不充满自豪；而谈到未来，他们也无一不信心百倍……

解场长拍了拍他的肩膀，说，对嘛！接着右手在空中来回挥了几下，你看看，现在这十里白杨大道、万亩苹果园、千亩苗圃不都火蹦火蹦的，谁来看了都掉眼泪。潘广播明白他说的掉眼泪是指激动的眼泪，高兴的眼泪。他不也是一样吗？

解场长说，再过几年果树挂果，这儿就是花果滩，孙猴子说不定也会给老子打报告要求来这儿落户！说完，开心地哈哈大笑。后来，潘广播写文章时，对解场长的笑作了一番有声有色的描述，称之为创业者自豪的笑，战士胜利的笑……

接下来的两天里，潘广播又分别找了十几个人了解情况，有比汪光明早来和晚来的技术员，有跟着解场长从部队复员的职工，有附近村招来的农民工人。谈到创业的艰苦，他们无一不感慨万端；谈到成功的喜悦，他们又无一不充满自豪；而谈到未来，他们也无一不信心百倍……潘广播跟着他们流泪，激动，兴奋。解放战争时期曾经跟解场长当过通讯员的周大龙，为了掩护解场长受了伤，瞎了一只眼睛，后来随解场长转业到了园林场任场办主任。职工称他外号周瞎子。周瞎子喜欢喝酒，在和潘广播谈到兴奋时，就要和潘广播用窑里黑大碗喝酒。潘广播不喝他就骂，你狗日的别在俺面前摆臭文人的架子。你不喝下这碗酒就滚蛋。潘广播也不急不恼，相反喜欢周瞎子的个性。周瞎子给他提供了一个细节。周瞎子说，也不知小汪那小子咋想的，放着省会大城市的福不享，让那么个如花似玉的新媳妇独守空房，偏偏要留在这熊地方。我是没那个屌能，只能待这里，他，唉……

汪技术员结过婚了？潘广播惊讶地问。

周瞎子借着几分酒意，大大咧咧地说，是他大学同学，个又高，脸又白，眼睛跟驴屎蛋子那么大，就是，就是瘦了点，像根晒干的高粱杆，一阵风都能吹到天上。不过，我握她手时，手上倒有点肥肉。

汪技术员的爱人来过？潘广播又问。

周瞎子一拍大腿，我第一次骂他不就是为他媳妇的事。她媳妇来那天，他正在马家窝棚那边伺候果树苗。我让人去叫他，第一次他说走不开，让她歇会儿等着。一等就是大半天，再让人叫他，他说什么关键时候离不开，让他媳妇吃了饭先歇着。那时候这场子里就几个窝棚子，全住着像我这样单身的老爷们，他媳妇朝哪住，反正不能住我被窝里。我急了，让去两个人。我说你们绑也把狗日的给我绑来！这不，到了下半夜他才回来。当天晚上，我和解区长、其他几个技术员挤在一个窝棚里，让他两口子住一个窝棚。夜里，听着他那边支窝棚的架子吱吱溜溜响，还有女人的叫，我还以为刮风了，想起来去看。解区长蹬了我一腿，你狗日的……嘿嘿，嘿嘿。

潘广播跟着笑了笑，接着问，汪技术员的媳妇走了吗？

周瞎子用筷子敲了一下他的额头，说，人家不走还留这儿？又说，那个小汪真他娘的不像话，第二天就赶着媳妇走。我后来听说，他媳妇一大早就找解区长，让解区长放他回省城。他媳妇在省城给他找好了接收单位，调令都拿来了。他生气了，才赶他媳妇走的。他媳妇走时撂下一句话，你要是不回省城，咱俩就离婚！

真和他离了？

咋能呢？他媳妇回去就检查怀孕了，去年生了个闺女。周瞎子说，我听老人说，男人日弄得猛，就会生男孩。可见小汪个狗日的那天没使劲，所以他媳妇怀了女孩。

潘广播扑哧笑出了声，周主任，你这话不科学。

汪光明一直没接受潘广播的采访。虽然，潘广播感觉素材已经足够，但还是想从汪光明那里得到更多的材料。他耐心地等了三天，到第三天晚上机会终于来了。

那时，从县城到黄河故道的路不好走，一遇风沙路还会被掩埋。给园林场运送粮油蔬菜的车子，在半路上因风沙挡路过不来，场里的职工连续两顿没吃上饭。潘广播包里还有一个馒头，他对汪光明说，你给我说说怎么找到在荒滩上栽树的办法，我给你一半馒头。汪光明就给他讲了如何发现荒滩上有一块巴根草，受到启发；如何规划先种草固沙，栽防风林挡沙；如何到北方果树种植大县调查研究，引进适应黄河故道沙滩种植的果树……汪光明吃了半块馒头，嘴唇还上下蠕动，不停地打嗝。潘广播调皮地逗他说，你要是把你和你媳妇在这见面，发生过什么事情比如她如何劝你回省城，你如何反过来劝她调这儿来，两人发生了什么样的矛盾冲突告诉我，我就把这半块馒头也让给你吃。

汪光明这回被他逗笑了，骂他无聊，趁他不备，夺下他手中那半块馒头，全都塞到嘴里，嘴被撑得要撕裂，一脸痛苦状。潘广播吓得赶忙端来一碗水让他喝，摆着手说，咱不讲了，不讲了。你慢慢吃，慢慢吃。你要是撑死了，解场长还不把我活埋了才怪！

嘴上这样说，等汪光明吃完馒头，他还是又问了一句：听说你从地里回来一头钻进窝棚里，第二天早上你媳妇吓了一跳，身边怎么躺了个又脏又老的半老头子？有这事吗？汪光明给了他一拳头，瞎编，等你有媳妇就知道了，媳妇还能睡错男人。

感动读者的好文章，必然要先感动作者本人。潘广播的确被汪光明、解区长和园林场广大职工艰苦创业的精神所感动，投入满腔热情写成了那篇通讯。那篇通讯先是在县委的内部刊物发表，接着省报全文转载，省人民广播电台配乐播出，而且破天荒地一连播了一个礼拜。据说，是省委书记看了省报后指示省电台那样做的。随后，省委常委会上做出决定，号召全省共产党员、知识分子、广大工人农民向汪光明和园林场的干部职工学习，掀起全省社会主义建设新高潮。

文中的主人公汪光明一夜名扬全省，潘广播也因这篇文章名声大振，不仅被破格提拔为县委宣传部新闻通讯科副科长，成了县直机关最年轻的副科长，而且得到了县文工团一位姑娘的爱慕。那个姑娘在县文工团新编现代话剧《那一片绿洲》中饰演技术员的新婚妻子，把潘广播的文章读了十几遍，越读越感动。潘广播领到任务，到黄河故道园林场进一步深入生活，创作电影剧本《荒滩绿洲》的那段时间里，那位文工团员正巧也在那里体验生活，两人相处了半个多月，确立了恋爱关系……

潘广播和汪光明也成了好朋友。

二

桃三杏四梨五年，苹果结果在六年。这是过去的一句老话。黄河故道园林场苹果结果是在1957年，潘广播也就选在那年的秋天、苹果熟了的时候在园林场举行的婚礼。这之前，汪光明的爱人李媚也从省城调到了园林场。夫妻团聚，园林场分给他一间青砖红瓦的平房。潘广播闻讯，专程从县里赶到园林场表示祝贺。那天，他第一次见到李媚。

　　生过孩子的李媚发胖了，但，是微胖，让她过去身子瘦弱的缺点得到了改变，丰满而又圆润，加上她从大城市来，穿戴也比较洋气，确实给人一种花枝招展的印象。她的性格比汪光明爽快，和潘广播一见面就格格格地笑，潘科长，听我们家老汪说你好坏哟！

　　潘广播冲她扮了个鬼脸，是吗，我坏吗？

　　李媚说，老汪说你说，你说……格格格，你真坏。

　　潘广播马上明白了她话中所指，心想，到底是大城市的女同志，思想就是开放，要是换当地的女同志，想想他当初和汪光明开玩笑说的上错床的话也会脸红心跳。他逗她说，你就那么信你们家老汪，不怕他上错过床？

　　李媚说，不会的，不会的。我们家老汪傻样，除了我还有哪个姑娘家看上他？这句话里既有责备又包含着骄傲，洋溢着对汪光明的浓浓真情，让潘广播十分羡慕。

　　李媚又说，潘科长我和你定个君子协定噢。你结婚的时候，得让我们家汪林林当伴郎噢。

　　潘广播选择到园林场举行婚礼，从某种意义上说是兑现和李媚的君子协定。还有一个方面的意义是，他和妻子也是在这儿认识、恋爱的。汪光明自己掏腰包，买了十只苹果作为贺礼。这十只苹果是他精心挑选的红国光，他说，一是我对你们夫妻实心实意，二是祝你们夫妻十全十美。

　　婚礼非常简朴。园林场的工人和潘广播夫妻都很熟，大家坐在一起，烧了几盆菜，喝了几杯酒，早早就结束了。其实，潘广播心里很清楚，大伙的心多少有些压抑，所以放不开，就连见了酒就腿肚子转筋的周瞎子，也比平时酒量小了多半。这也是他不愿在县里举办婚礼，躲到这儿来的一个方面的原因。

广播，出去走走吧！汪光明喊他。

二人上了白杨大道。两边的钻天杨已经长得一人多高了，笔直挺拔，气宇轩昂，一眼望去就像接受检阅的仪仗队，让人心里平添几分英雄豪气，精神也格外清爽。微风吹来，树叶有节奏地轻轻摆动，唰唰，唰唰，好像在互相鼓励地说着，长吧，长吧。这条十里长的大道，如今已经成为黄河故道一道值得骄傲的风景。汪光明每次走在路上，眼睛都会不由自主地湿润。默默走了一段，汪光明首先开口了。他问，这次运动什么时候到头啊？

潘广播说，管他呢？你一个园艺师，八杆子够不着。

汪光明叹了口气，说，我个人算不了什么。我是担心人与人的关系搞得紧张，你防我，我防你，以后还怎么工作？

潘广播感到惊讶，问：光明，你是说……？

周瞎子骑着自行车迎面过来，潘广播停住了话头，和汪光明一起站到路边。他冲周瞎子扬了扬手，周主任好！

周瞎子不知是故意没听见还是急着有事，嗯啊一声骑了过去，而且车速一点没有减缓。这让潘广播有点儿不快，这人怎么学得连一点礼貌也不讲？汪光明摇摇头，说，速度一旦上去了，再下来很难，突然刹车不是摔倒就是栽跟头。潘广播听出汪光明话里有话，但没有往下问。他已经熟悉了这位朋友的脾性，如果他不想说的话，打死也不会说出来，又何必强人所难呢。

黄河故道园艺场规划得相当好，沿白杨大道两侧按数字划分成一个个果区，每个果区种植的果树品种不同，成熟也分先后，采摘的时间自然也有差别。汪光明和潘广播走到五果区时，遇上十几个职工正在把采摘好装了篓子的苹果往拖拉机上装。他们看见汪光明和潘广播争先恐后地打招呼。五区长拿了两只苹果，扯下脖子上的毛巾擦了擦，递给潘广播和汪光明各一个。潘广播伸手接过来，说了声谢谢，正要往嘴里送，汪光明出其不意地给夺下来，毫不客气地说，这苹果是国家财产，谁也不能随便吃。他把苹果还给了五区长，又严肃地对五区长说，你只有带着职工采摘的权力，没有送人的权力。五区长有点不好意思，挠了挠头皮，说，潘科长是客人，我，我是想让他品尝咱们丰收的果实。我接受汪技术员的批评。

　　潘广播没有怪罪汪光明，相反对他公私分明、爱护国家财产的行为由衷表示敬佩。离开五区，走了一段路，他说，光明，我也得作检讨。我怎么就没有你那样的觉悟呢？

　　汪光明并没有就此罢休。他回到场部就向解场长反映了情况。当时，周瞎子也在场。他见解场长听着听着皱起了眉头，不以为然地说，五区长是好心让潘科长品尝，又不是拿家里去或者自己吞了，这种鸡巴毛小事还要场长过问啊？解场长是个眼里容不得一粒沙子的人，又是个急性子，拍着桌子骂道，周瞎子你给我住嘴。这咋叫小事。你拿一个送人，我拿一个吃，妈个巴子国家不受损失？你别觉着五区长是你表弟，就想袒护他，小心我连你一起撸！周瞎子这才不说话。潘广播看见，周瞎子瞅汪光明的眼神像刀子一样。

　　解场长马上召集各果区区长会议，让五区区长作检讨，写检查。

潘广播回到县里后，越想越觉得汪光明做得对，相比之下，自己的思想觉悟与汪光明差得太远。他又写了一篇短文表扬汪光明。在这篇短文中，他不光严厉地批评了自己，也批评了周瞎子和五区区长。当然，他对周瞎子和五区长都没点名。

他没想到，这篇短文给汪光明埋下了隐患。周瞎子以为是汪光明让他写得那篇文章。打那个时候起，周瞎子对汪光明就有了成见。

一天，潘广播刚回到办公室，妻子李琴琴就找来了。李琴琴紧张地把他叫到门外，说，你老朋友的媳妇来找你了？潘广播立马明白李琴琴所指，高兴地说，是和老汪一起来的吧？走，咱到食堂买几个菜，好好招待招待。

李琴琴急眼地说，什么呀？就李媚一个人来兴师问罪的。

潘广播一惊，什么兴师问罪，向谁兴师问罪？李琴琴说，园林场周瞎子几个人合着伙整老汪，要给老汪戴右派帽子，材料都整好了。李媚说要不是你写那篇批评报道，周瞎子不会跟老汪过不去！潘广播一听火冒三丈，嗓门也高了，老汪是右派，打死我也不信。他办公室的一位同事探出头向走廊看了一眼。李琴琴吓得脸色苍白，扯了下潘广播的衣角，你嚎个啥？回家，回家说。

潘广播结婚后，县委分给了他一间平房宿舍，在县委大院朝西的一个山坡上，步行有十分钟的路程。这段路是上坡，又是石头铺的路面，不能骑车。潘广播走得很快。李琴琴紧一溜小跑才跟上他，上气不接下气地说，你就不能走慢点，咱商量商量怎么打发李媚。潘广播恼怒地说，老汪还不知现在怎么样了，李媚现在也一定心急火燎，你还让我慢点，我能慢下来吗？

李琴琴说，你急也没有用。老汪是不是右派得组织定党定。潘广播我可丑话说前边，你不要因为和老汪是朋友就不讲原则，跟着他往井里跳。

潘广播突然站住了，怒不可遏地瞪着李琴琴，好像站在面前的不是他的妻子，而是他苦苦寻找多年今天见上的仇人。李琴琴从来没见潘广播用这样的目光、这种态度对待自己，一时茫然不知所措，喃喃地说，我，我不想让你沾上右派，犯方向路线错误！

潘广播几乎是怒吼着说，这个边我就得沾！

正是机关下班的高峰，路上来来往往的县直机关的同志，大多认识潘广播和李琴琴，见小夫妻俩剑拔弩张的样子好生奇怪，有的低着头从他们身后绕过去，有的匆忙打个招呼，也有人出于好心上前劝架。县文化馆的女馆长过去在县文工团工作过，年纪大了才转了行，但还是和李琴琴同一个文化系统，两人比较熟悉。她咂着嘴说，啧啧啧，小两口为啥红了脸？有话到家里说，别在这儿让人看笑话。说着，就拉李琴琴的胳膊。李琴琴一用劲挣脱开了。她不想让潘广播回家见李媚。潘广播心里说，你不回家，我回！迈开大步，蹬蹬蹬地往家走。

李琴琴气得哭出了声，潘广播你要跳井我不拦你，你也别想拉上我！女馆长一听急了，追着潘广播喊，小潘小潘你站住，千万别想不开！弄得潘广播哭笑不得。

李媚正坐在潘广播家屋当门抹眼泪。潘广播进屋后看了一眼杯子中满满的茶水，就知道李媚连一口茶水也咽不下。潘广播连寒暄也省掉了，直截了当地问李媚汪光明的情况。

李媚告诉潘广播，汪光明前几天到五区指导给果树剪枝，发现五

114

区的技术员没在园区，一问才知道被周瞎子叫去排查右派了。汪光明很不高兴，说，这还得用排查的办法啊？有个工人说发牢骚，说不光排查，还分指标。一区二区先进，已经排查出了右派，我们五区现在没排查出来，挨了周主任批！汪光明生气了，脱口而出地说了句：简直是瞎胡闹！这话被五区区长听见了，当晚报告了周瞎子。周瞎子正愁着完不成上边下达给园林场的右派指标任务，马上把汪光明拉入了右派候选人行列……

解场长呢，他了解光明。潘广播问。

李媚抹着眼泪说，解场长在县委党校学习，家里是周主任主持工作，兼反右领导小组组长。他说了就算。

凭什么他说谁是右派谁就是右派？潘广播火了，要是有人说他是右派，那他就得戴右派的帽子？

正说着，李琴琴回来了。她手里拎着两个饭盒，脸上笑逐颜开，好像和潘广播之间什么事情也没发生过，一进门就甜甜地叫了一声，姐。你一定饿坏了吧，我知道你是江南人，专门给你打了两份清淡点的菜。边说边摆桌子凳子拿碗筷。潘广播见她没事了，心情也稍微好了一些，安慰李媚说，李媚你放心。你先把饭吃了，我一会儿就去找领导反映。

李琴琴一愣，心思虽然没有在脸上显示出来，但聪明的李媚从她慌乱的眼神看出了她内心的不安，对潘广播说，小潘你别为难。我来找你光明不知道，他要是知道肯定不让我给你找麻烦。我是偷偷跑出来的。潘广播毫不犹豫地说，这有什么为难。我是党员，有权利向组织提意见。李琴琴在一旁接上话茬，说，县里几个大右派不都是党员干部，还有个副县长呢！提意见，提意见，他们还不都是提意见？枪打出头鸟。

潘广播不知是不愿和李琴琴争执，还是对李琴琴刚才提到的几个人被打成右派有自己的看法，故意咬了一大口馒头，噎得脸红脖子粗。

李媚有心思，吃了两口就放下了。无论李琴琴怎么劝，她都是摇头。潘广播也很着急，拿着剩下的半块馒头，夹了根大葱，咔嚓咔嚓地咬了几口中，边吃边向外走，还回头对李媚说，李媚你在家等着我的消息。

他出了门，听见啪地一声响，不看也知道是李琴琴摔筷子。

潘广播先找到了他的领导宣传部长。宣传部长也是县反右派领导小组成员。宣传部长听他讲完后，一点儿也不感到惊讶，也没有像他那样冲动。他给分管这项工作的县委田副书记打了个电话，介绍潘广播去田副书记那里反映情况。田副书记十分热情地接待了潘广播，一边慢腾腾地抽着烟，一边听潘广播充满激情地讲述，末了才问，小潘你有什么想法啊？

潘广播说，请田副书记给园林场打个电话，让他们停止折腾汪光明。现在是果树剪枝的时候，他忙着呢！

田副书记沉吟了一会，狠狠地摁灭烟头，说，用生产压革命，不太合适吧？

潘广播急了，这算什么革命？是周瞎子报复、整人！

田副书记笑了笑，噢，是你说的这种情况吗？不等潘广播回答，又说，你写个书面材料吧，我们研究一下。

潘广播喜出望外，紧紧握着田副书记的手，感动地一连说了几遍，谢谢田副书记。

潘广播出门时，田副书记握着他的手，笑咪咪地说，小李又下乡演出了吗？我和我媳妇都喜欢听她唱的拉魂腔。她没告诉你吧，我媳妇已经认她干闺女。按这个辈份，你还叫我叔叔呢！

潘广播心里高兴，亲切地叫了一声：叔。

人逢喜事精神爽。潘广播像一阵风似地出了门，一路上轻飘飘地，不是差点儿撞着人，就是差点儿被突出路面的石头绊倒，回到家时已满头大汗。李媚一见他赶忙站起来，由于用力过猛把凳子也带倒了。他也由于心情过于激动，把李媚紧紧抱在了怀里，说，李媚你就放心地回去吧。回去让光明也放心地工作。

李媚高兴地说，光明交了你这么个朋友是他的福气。说完就要告辞。潘广播拿了个馒头，我知道留你也留不住。你就带路上吃吧。

李媚走后，潘广播回头找李琴琴，见李琴琴拉着被子蒙着头，身子一抽一抽地在哭。他现在气也消了，心情也好了，反倒觉着对不住李琴琴，干咳了两声，笑了两声，拿了条湿毛巾，坐在床沿去掀被子。李琴琴手脚并用，死死地抱着被角，最后又用牙咬着。潘广播运了运气，加大了力量。李琴琴突然猛地一松手，他抱着被子仰面朝天摔倒在地上。他没气没恼，哈哈大笑着说，好拳打不过赖戏子，我今天真正领教了！

李琴琴坐起来，生气地说，你闹吧，闹吧，你孩子要是残了伤了的可别怪我。

潘广播一个鲤鱼打挺从地上跳起来，欣喜若狂地抱住李琴琴，问道：我有孩子了，我有孩子了？

李琴琴说，今天刚拿到结果，已经两个月了。

潘广播手舞足蹈地从床上跳下来，然后又跳上去，双手抱头跪在李琴琴面前，谢谢媳妇，谢谢媳妇。我爸我妈要是听到这消息，肯定高兴得三天三夜睡不着觉。我现在就给他们写信。

李琴琴一把拉住他，问，汪光明的事怎么样了？

潘广播把见到宣传部长和田副书记的经过简单给她讲了一遍，大大咧咧地说，没事啦，没事啦！

李琴琴不以为然地说，没你说得那么简单。万一田副书记也帮不上忙呢？潘广播说，那我就找县委书记。反正不能让周瞎子把右派帽子给光明戴上。李琴琴说，你就不怕把自己陷进去？为了汪光明，你老婆孩子都不要了？

潘广播亲了媳妇一口，说我老婆孩子都要，朋友也要，真理更要。

三

潘广播万万没有想到，汪光明还是戴上了右派分子的帽子。

那天，县里召开反右运动胜利庆祝大会，潘广播因为要搞新闻报道，所以座位被安排在前边的第三排。田副书记在会上宣读右派分子名单时，他听得非常认真。田副书记念到园林场汪光明的名字时，他一开始以为自己的耳朵出了问题，或者是脑子出现了幻觉，就向旁边的一个同志打听，哎，园林场的右派是谁？那个同志反问，园林场的右派四五个，你能都记下来？他问，有没有姓汪的？那个同志说，汪光明吧？大名鼎鼎的园艺师。有他，在园林场右派里排第一名。说完了笑笑。

消失的绿洲

　　仿佛晴空中一个震天动地的午雷在潘广播耳边响起，他觉得脑袋一下子涨大了，眼前一道道金花霹雳般闪跃。他忽地从座位上站起来，刚要喊出声，坐在他前排的宣传部长猛地回过头，狠狠地瞪了他一眼，严厉地说了一句：他妈的，你给我老老实实坐下！坐在他旁边的那位同志也用力拉了他一下，低声说，宣传口是重灾区，你别再惹是生非让大家的日子不好过。

　　潘广播怏怏地坐下了。从那刻起一直到会议结束，他的脑袋不停地响，主席台上的人讲的话，他一句也没听进去。他只记得全场高呼口号时，旁边那个同志抬着他的胳膊机械地举了举。

　　一散会，潘广播就被宣传部长叫到办公室劈头盖脸地骂了一顿。小潘潘广播你个狗日的胆大包天啊？你知道老子如果不及时阻止你会是什么后果吗？你要栽跟头，犯错误，整个宣传部甚至宣传系统都得受你牵连，重新再搞一次运动一次清查，不知又要有多少同志和汪光明一样戴上右派的帽子。宣传工作还搞不搞了？你他妈的一个聪明人，怎么混蛋了呢？

　　宣传部长骂累了，挥手赶他出去，滚回你办公室好好给我反省。

　　潘广播说，我想请两天假。

　　宣传部长说，你是去看汪光明是吧？这我不反对。不过你给我听好了，记住了，老子派你去园林场，是采访报道那儿的反右斗争经验。

　　潘广播明白部长的用心，使劲儿点点头，眼泪在眼眶里打转。

　　潘广播临出门时，宣传部长从抽屉里拿出一包茶叶，说，给小汪带上，这是绿茶，能消火。

　　潘广播没有回家和李琴琴告别，径直去了园林场。他一头扎进解场长的办公室。解场长正在看报纸，上下打量了一眼满头大汗的潘广播，说，我就猜到你小子会来。

潘广播夺过解场长手中的旱烟袋，吧嗒吧嗒抽了几口，呛得连续咳嗽几声，眼泪都要掉下来了。他直截了当地问：汪光明戴了顶右派分子的大帽子以后怎么工作？

解场长从台历上撕下一页纸，捏了一把烟叶放上，熟练地卷了一支烟，递给潘广播，又帮他点着火，平静地说，他过去怎么工作现在还怎么工作。我已经给他说过了，你汪光明要是这点打击就倒下，你就不是共产党员，你就他妈的是真右派。

潘广播说，右派分子的帽子好重好重……

解场长打断他的话，说，老子当年还是地主羔子呢，不照样打鬼子，干革命，加入共产党。在我这儿，只要他老老实实给共产党做事，我不会把他当右派对待。我已经给周瞎子那个狗日的打过招呼，从现在起汪光明和他的技术队归老子我直接领导。

潘广播长长地舒了一口气。

与解场长告辞后，潘广播直奔苗圃区。果然在那里找到了汪光明。汪光明裤脚卷过膝盖，两腿叉开成八字站在地墒沟里，正挥汗如雨地挖稀泥。潘广播二话没说，放下自行车，三下五除二脱掉鞋子，卷起裤角下到地墒沟里，从一位职工手里要过铁掀，和汪光明并肩挖起稀泥来。汪光明冲他笑了笑，说，地墒沟不能淤塞，就像人的血管不能堵塞一样。说着，把搭在肩膀头的毛巾递给他，嘱咐说，你的手嫩，用这毛巾把铁掀把包起来，不磨手！潘广播不服气地说，你别隔着门缝看人。我手上的茧子不比你少。说着，伸出手让汪光明看，怎么着，比比？汪光明说比就比，咱比真格的。你一沟我一沟，看谁先到头，而且保证质量。

两个人果然就现场比起来。潘广播好歹在农村长大，离家上大学学前每逢寒暑假都下地干活，加上力气也比汪光明大，很快就把汪光明甩开几米远。他得意洋洋地冲着汪光明说，光明你服不服？汪光明抹了把汗说不服，就你这两下子。潘广播说，我今天就得让你口服心服。说着，往手心里吐了两口唾沫，搓了搓，刚要弯腰，突然一块石头从天而降落在他面前，飞起的泥水溅了他一脸一身，眼睫毛上也挂了几滴，挡住了视线，想擦又怕揉进眼里。他凭经验察觉出是有人朝地墒沟里扔石头，正要发火，一个粗大的嗓音响起，小潘你存心害我的秀才是不？你要把小汪累趴下，我上哪再找这样好的技术员，生一个也来不及。

潘广播听出是解场长，忙赔礼说，对不起对不起，我没您老人家想得那么远。

解场长又批评汪光明。你这个汪光明同志呀，我说你什么呢？这个，这个我早讲过，你是姓汪的揍出来的，姓汪，可你还有个大姓，姓党。党的宝贝嘛！你要是把自己弄病了累垮了，党找我要人，我老解可没孙猴子十八变，变出个汪光明的本事。

他的话把潘广播和汪光明都逗笑了。

解场长告诉汪光明，场里准备开批判右派的大会。你汪光明老老实实给我去开会。让你站你就站，让你坐你就坐，说你骂你你都给我忍着。就一条，你不能下跪。

潘广播见汪光明低着头，情绪有点低落，小心地问，老场长啊，

　　　　一棵果树形同一个社会，社会上的不良因素要及时清除，果树没有用的枝条要及时修剪掉。

这会能不能不开？

　　解场长张口就骂，他妈拉个巴子周瞎子一心想着当先进，非得要扛杆子红旗回来……又说，给你戴帽子、开批判会他当家，其他的老子当家。你戴啥颜色的帽子，在老子眼里你还是你。我给你说三条，工资一分不少，商品粮一两不少，其他待遇一条不变。但老子也有一条要求，工作你一天也不能给我耽搁！

　　潘广播心里一阵感动。他发现汪光明的眼睛已经潮湿了。

　　第二天上午，园艺场批判右派的大会果然召开了。汪光明的右派是县里定的，在全场算最大的右派，第一个被批判。上台发言的人是周瞎子指定的所谓革命职工代表，拿着写好的稿子，照本宣科地念。批判汪光明的是他的部下、技术科一个年轻技术员。他一上来就用了两句当时流行的经典句子：革命形势无限好，右派分子无处逃。解场长当即板起脸，妈拉个巴子，明明睁大眼说瞎话，都站在这儿呢，往哪逃，逃回娘肚子里？他的话惹得会场上一阵哄堂大笑。主持会议的周瞎子气得冲解场长翻白眼，没敢发作。毕竟解场长是他亲娘舅。

　　接下来，那个技术员就结合实际批判。这会儿他脱稿了。他说，汪光明对革命同志缺乏阶级感情。刚建园那会儿，我们顶着炎炎烈日在沙地里跑来跑去，他一天才让我们喝一口水，宁愿把水浇果树苗也不让我们喝够……台下有人嚷，一开始大家不都很艰苦？解场长有时一天连一口水也不喝呢！那个技术员接着又举了个例子。汪光明给职工上技术辅导课，讲到剪枝时说，一棵果树形同一个社会，社会上的不良因素要及时清除，果树没有用的枝条要及时修剪掉。这话是别有用心。台下又有人喊，你他娘的这技术员是冒充的吧，果树整形、修剪的基本常识都不懂啊！不知谁带头，台下的人们鼓起倒掌来，会场上一时乱哄哄的。周瞎子急了，挥着手喊，下一个，下一个。批判汪光明等于闹了个笑话就结束了。

批判会开了不到一个钟头就结束了。会议一散，汪光明就赶到果区指导工人剪枝。潘广播也跟了过去。那些工人对汪光明仍然十分尊重，张口闭口汪技术员、汪老师。汪光明也丝毫没有闹情绪和泄劲，这让潘广播心里感到踏实，同时又感到放心。汪光明告诉他，经过整形、修枝，明年果树的产量会大幅提高。回去后，潘广播写了一篇通讯稿，题目是《反右斗争结出伟大硕果》。这一回，他用了点心思，把周瞎子也写了几笔，说他如何如何对右派分子进行帮教，促使汪光明思想快速转变到人民的立场上来云云……

第二年果子成熟时，产量果然比去年有了大幅提高。汪光明和其他技术人员共同努力引进的新品种也都获得了丰收，加上之前潘广播的那篇文章起的作用，他作为被改造好的右派分子，右派帽子也摘了。周瞎子因为教育、改造右派分子有功，被提拔为县农林局政工部门负责人，离开了园艺场。据说，周瞎子的提拔是解场长做了很多工作。潘广播和汪光明心里明白，解场长这样做其实是想把周瞎子弄走。解场长私下说过，一块坏肉臭满锅，这种孬熊还是别留下了。

周瞎子走后，园艺场没有人带着折腾了，所以平稳了一段日子。那段日子里是汪光明比较开心的时期，每次去县里开会，都要抽个空儿到潘广播的办公室坐一会聊上几句。人的心情好，精神自然也好，用李琴琴的话说，汪光明走路时腰杆子都挺得像旗杆。

不久，轰轰烈烈的大炼钢铁运动开始了，打破了这种平稳，让汪光明再次经历了一劫。

　　一天，已经担任县委宣传部新闻科长的潘广播，正在给一家工厂
的通讯员学习班上辅导课，部里打来电话说有急事让他回去。他骑着
自行车往回赶，一路上过大街穿小巷，看到的是红旗招展，锣鼓喧天，
人山人海。有的老太太一手拿着炒菜用的铁锅，一手举着写有"大跃
进万岁"的小红旗，抹着眼泪一步一挪地向收废铁的地方走去。一群
戴着红领巾的小学生排着整齐的队伍，拿着各自从家里拿来的铁铲、
铁勺、铁簸箕，唱着歌曲走向集结点……他心里感慨万端，却又不敢
表露出来，只好把帽檐拉得很低，埋着头骑车。突然，他的脖子被绳
子勒了一下，车子倒在地上，摔了个人仰马翻。原来巷子里有居民晒
衣服拉起的绳子，正勒在他的脖子上。好在他骑得慢，用力不猛，才
没有出现生命危险。

　　心情沮丧的潘广播回到部里，还没来得及喝口白开水，部长就直
接到他办公室里找他了。部长神情严峻，烟抽得很猛，潘广播，你小
子马上给我去园艺场。汪光明又惹麻烦了。

　　怎么，他怎么？潘广播急了，是不是政治问题。他知道一旦沾上
政治问题，谁也没有办法帮上忙。

　　部长说，我也说不清楚。解主任打长途电话过来找你，你不在，
又找我，就说一句汪光明惹麻烦了。

　　潘广播拔脚就跑，到了院子里推着自行车边跑边翻身上车，一下
子坐在大杠上，硌着了裤裆里的家伙，痛得直咧牙。一路上，他脑子
里反复地想着汪光明，嘴上念叨着汪光明。汪光明你小子无论出了什
么事都得等着我，我过去了帮你扛，总比你一个扛着省力。

汪光明果然又是犯了政治错误，而且整他的是周瞎子。

周瞎子是园林系统大炼钢铁总指挥。大炼钢铁需要煤炭，而煤炭当时十分短缺，周瞎子一琢磨，园艺场的果树伐了不是可以烧炼铁炉吗？只要炉子冒烟着火，火苗冲天，那就是成绩，至于能不能炼出钢铁是下一步的事。于是，他亲自押着三辆大卡车到了园艺场，要砍伐果树，而且都是些开始结果的大果树。汪光明一听急了，朝车前头一站，指着周瞎子怒斥道：你知道你这样做是什么行为吗？败家子，搞破坏！

周瞎子没想到汪光明会站出来反对。他心里想，这个臭右派刚摘帽就那么猖狂，真不识好歹。他跳下车，一把扯着汪光明的衣领，摔了他一个跟头。汪光明你小子敢和三面红旗唱反调，信不信我给你戴顶反革命的帽子?!

汪光明从地上爬起来，顾不得拍打身上的土，又站了车前，理直气壮地说，我就坚决反对你们砍伐果树。你要是砍伐果树就先把我的头割下来。

周瞎子呸了一声，你的头值钱吗？不值钱！别说能炼成一块钢一块铁，就连一块玻璃球也炼不成。我告诉你，这树我今天砍定了。

这时，园艺场的人越围越多，把周瞎子一行围得水泄不通，你一言我一语指责周瞎子。有的说，你周瞎子不知道这些果树是怎么从沙土地里长出来的吗？你又不是真瞎子！有的说，哪个老师还是哪本书上教的树枝能炼出钢铁？到头来你毁了园艺场，还白忙乎。还有的直接骂到他脸上。你周瞎子真是个瞎熊，长着眼睛干啥用的？不如抠了扔脚下踩泡泡还能弄点儿响动……

周瞎子急了，漫无目标地叫着：老解，老解，你躲哪去了？来看看你园艺场人的觉悟吧，全他妈的让右派汪光明给带坏了。

解主任其实就在园里。他给县委宣传部长打完电话，就躲到林区去了。你周瞎子能耐再大，总不能没经过我这个场领导同意就动家伙吧？他之所以打电话搬潘广播过来，是觉得潘广播在周瞎子和汪光明两边都能说上话。新闻科长就是搞新闻报道的，你周瞎子一个部门的股长级干部还敢不给他面子？汪光明和潘广播是一个铺上睡过的亲兄弟，亲兄弟的话他能不信？

果然让解主任摸准了脉。潘广播气喘吁吁地朝中间一站，周瞎子和汪光明刚才还像斗架的公鸡，立马就不再争吵了。不吵是不吵，却争先恐后地说起了理。潘广播等两人说完了，说累了，一个个喘着粗气，嘴角冒沫时，才严肃地说，走，到场办处理。说完，他推着自行车在前边走了。

场部的门开着。好像早就知道他们三人要到场部来，桌子上摆放着三杯白开水。潘广播端起一杯，一仰脖子喝了个底朝天，抹了抹嘴唇，对周瞎子说，老周，你有县里的批条吗？

周瞎子摇头，啥，啥批条？我砍树是为了大炼钢铁，又不是领粮食补助，还要谁批条子？

潘广播说，当然要有批条。你在园艺场当过领导难道不清楚？他故意把领导两个字说得很重，让周瞎子心里得意。接着又说，树一出土就是国家财产，别说砍一棵了，就是折断根枝条也是破坏国家财产，要承担责任的。没人批条子，责任你承担啊？

周瞎子似信非信，直挠头皮。他在园艺场工作几年，根本就没有学过这方面的文件，要是说不清楚吧，那等于承认自己不负责任，或者说不称职；要说清楚吧，自己的确没见过这样的文件。周边农村有村民夜里来偷伐果树当柴烧，被园艺场抓住送到派出所，后来判了刑的事他是知道的。潘广播猜透他的心思，转过脸批评汪光明，光明你也不对。不管怎么说老周过去是你的直接领导，现在是你的上级部门领导。你可以给他汇报政策，不应当争吵。要我看，今天是你的错。说着，他朝汪光明挤巴几下眼皮。汪光明心领神会，马上向周瞎子检讨。周股长，对不起，我的态度不对。

周瞎子嗯啊着没有正面回应。他心里还是在犯嘀咕，同时也不甘心白跑一趟。过了一会儿，他问潘广播：那你说我这个系统大炼钢铁的任务怎么完成？

潘广播还真让周瞎子给问住了。他知道这次大炼钢铁，各个部门都有任务，完不成任务要追究政治责任。面对咄咄逼人的周瞎子，他一时找不到回答的词汇，急得额头上冒出了汗。汪光明在一旁接上说，我们场这些天从各个单位各家各户收集了一些铜铁，你拉回去往上一缴不就充任务了吗？

周瞎子一听喜出望外，忙问：有多少？

汪光明说，不在多少，而在有没有。咱这个系统几十家单位，一个单位收一点，不就够你上缴任务了。

周瞎子笑了，也对！也对！那你赶快招呼装车。我从这走再去跑几家单位收缴。

周瞎子走后，潘广播和汪光明同时长长地喘了一口气。汪光明说，广播你也会搞政治了。潘广播说，时势造英雄，我这是学政治用政治，立竿见影。

李媚是在潘广播走后才知道场里发生过这样的事情。她不安地对汪光明说，周瞎子不是让你和广播糊弄的人。他不定那天还会找你麻烦。汪光明说，只要能保住这片绿洲，我个人麻烦再多也不怕。

四

两个月后，潘广播被县委宣传部安排到省里一个培训班学习。两个月的学习结束后，他被留在了省委宣传部。后来他才知道，周瞎子回到县里，到田副书记那里告了他一状。田副书记把宣传部长叫到办公室，狠狠地批了一顿，要求宣传部把潘广播的科长撤了。宣传部长刚好收到省委宣传部派人参加培训的通知，于是安排给了他。事大事小，一走就了，田副书记也没往下追究。

潘广播回来办关系和搬家的时候，专程到园艺场向汪光明辞行。两人把园艺场的林区走了个遍。临别，他对汪光明说，光明，你得守好这片绿洲啊。

汪光明紧紧地拥抱着这位老朋友，连说，放心吧，放心吧。就是到我死后，也会把骨灰撒在这片土地上。

潘广播到省里工作后，每月都给汪光明写信，信中都要问到果树生长的情况，收获的情况。汪光明不但在信中给他讲，还拍些照片寄给他。每年果子下来，汪光明还自己掏腰包买上几斤托人给潘广播捎去或者寄去。潘广播挑最大个的拿到办公室让同事分享，来，来，故道园艺场的苹果，个大味美……

潘、汪两家也始终保持着不断联系。有几年，潘广播的大儿子潘国光放暑假，潘广播都把他送到园艺场过上一段，让他好好向汪伯伯学习怎样做人，怎样爱国家爱集体爱事业。潘国光小学三年级的寒假在园艺场过了几周，回去后在潘广播的指导下写过一篇作文，题目是《剪枝》，写得是他跟汪光明给果树剪枝。文中说，伯伯手里拿着从树上剪下来的枝条告诉我，树和人一样需要栽培。剪去这些妨碍的枝条，等于帮人消除了身上的毛病，更利于健康成长。听了伯伯的话，我想了很多很多……这篇作文在省少年报上发表后，还引起了反响。

潘国光没在作文里写出来，但对潘广播说出来的情景，让潘广播很是感慨。潘国光告诉他，汪光明经常坐在果树下，望着果树枝头的苹果，默默地念叨，广播啊，你该回来看看了吧。

潘广播每听到这里，眼睛就会湿润。他在一次给汪光明的信中说，想你，想那些挂满红苹果的果树，想得我心疼啊！

一晃就到了八十年代初。汪光明的女儿汪林林考上省重点大学。临行前，汪光明再三叮嘱她，到了省城，常去看看你潘爷爷。汪林林假期回来，汪光明问她去看你潘爷爷了吗？汪林林说，人家都说潘爷爷是大老右，年轻时候右，现在还右，不打算重用他。

汪光明生气地说，他左也好右也好，是你潘爷爷这点不假。

不久，潘广播出任省报总编辑。他在省报上经常发表探讨改革开放的理论文章，名气越来越大。汪光明每次看到他的文章都爱不释手，读了一遍又一遍，还拿给场党委解书记和妻子李琴琴看。李琴琴有一次忍不住说，你还记得有这个老朋友，人家说不定早把你给忘九万八千里了。他沉吟片刻，摇摇头，不会。

不久，潘广播的工作调整，当上了省委宣传部副部长，文章渐渐少起来。这时的汪光明头上所有的"帽子"都摘了，当上了园艺场的场长。他带着新老技术员分批分期地对全场的果树进行了一次更新，从原有的不到十个品种增加到了三十多个品种。他的一些关于果树培育的论文也不断在省和全国性杂志上发表、获奖。有一次潘广播在电话里妒嫉地说，我潘广播从此无文章，你汪光明成了学术大明星！

汪光明嘿嘿地笑，广播，你……

潘广播说，老朋友了，有什么话直说。

汪光明还是笑，也没啥事，就是想问问你什么时候再来园艺场看看。咱有二十年没见了吧？

潘广播说可不是，见面也许都认不出来了。

两人都陷入了沉默。

过了一会，潘广播先开口，问，光明，现在是多少棵树？

汪光明得意地说，我这八万大军！

潘广播高兴地叫道，好！从无到有，从小到大，这片绿洲越来越大了。

不久就到了五一国际劳动节，汪光明到省里参加劳动模范表彰大会。他犹豫了几天，思考了几天，最后还是提前给老朋友潘广播打了个长途电话，万万没有想到潘广播会亲自到火车站接他。

光明！

广播！

两人紧紧地拥抱在一起，久久没有松开。直到站台上的人都走完了，潘国光喊了一句，爸，该走了。潘广播才松开手。他看见汪光明泪流满面。汪光明也看见了他脸上的泪痕。一直站在旁边抹着眼泪的李媚笑了，瞧你们俩，都半百的人了还疯疯颠颠的，不怕孩子笑话。

潘广播和潘国光一人骑了一辆自行车来接汪光明夫妇。一上车，他问：怎么就你们老两口来，不把孩子也带来看看。

李媚说，这还死活不让我跟着来。要不是解书记再三坚持，说你老小子病病快快，没人陪我不放心。要么让李媚跟你去，要么我再派个护士，你自己挑吧。他这才答应。答应了也不是为我，是想给场里省钱。来一个护士，得开两间房，我是她媳妇可以同住一室。

潘广播摆摆手，说，你们吃住行我全包了，不用园艺场花钱。

潘广播上午要参加省委常委会，安排潘国光陪老朋友夫妻俩在省城到处转一转。他看了看表，说，时间来不及了，我请你们到地摊简单吃一点吧。

一个省委宣传部副部长在地摊上吃饭。汪光明一方面非常感激，一方面非常感动，看来老朋友官居高位，本色没变啊！一天里，他不时在李媚面前念叨，广播是个好官，是个好官！

当天晚饭后，李媚对汪光明说去潘广播家看看李琴琴。两口子到了潘家，李琴琴和儿子潘国光，还有几个年轻人在忙着整理东西，有十几个打好的包放在客厅里。李琴琴不好意思地说，本来该请你们到家里吃顿饭，家里太乱，不好意思。

李媚问：你们要搬家呀？

李琴琴这才告诉汪光明夫妻，我们家老潘进常委了，当宣传部长，省直机关事务管理局让搬到常委楼去……

李媚高兴地说，这是好事，好事。

汪光明也为老朋友的进步感到高兴，但他不表现在脸上，问起潘稳，不等于不做事，不改革，那样相反不稳。

　　广播的健康来。李媚激动地说，他呀，出了名的拼命三郎，一点儿也不关心自己的身体，好像那身体根本不属于他，是他租来的。每天晚上十点前，家里别想见他的影子，礼拜天也不在家待着。经过"文革"的人，有几个还像他那样大公无私，舍着命的干……

　　李琴琴说，他和老汪都是一样子的人，好像这辈子欠工作的债还不清。

　　潘国光在一旁嘲讽地说，我爸和我大伯越活越糊涂了。

　　潘国光的这句话让汪光明打心眼里不高兴，不过碍于面子没有表现出来。又坐了一会，双方的话越来越少，他就拉着李琴告辞了。路上，李琴琴念叨了一句，光明，我怎么觉得李媚和国光有点生……

　　汪光明没吱声。

　　晚上十一点，潘广播找到汪光明住的招待所来了。他说，百废待举，常委会刚散，又说不影响李媚休息，要汪光明和他到大街上转转。

　　汪光明告诉潘广播，园艺场正在为果区要不要承包到职工个人举棋不定。解书记马上要退休了，想求稳。

　　潘广播停下脚步，思考了一会，坚定地说，你回去告诉解场长，不，解书记，稳，不等于不做事，不改革，那样相反不稳。咱们都是过来人，对改革应当理解得更深刻。园艺场是我心中的一片绿洲，无论如何都得让它常绿……

　　汪光明压抑不住内心的激动，握着老朋友的手，连声说，我知道怎么做，我知道怎么做。

　　汪光明着急，第二天一散会就往回赶。李琴琴提醒他，广播说两家人一起吃顿饭。你这一走……

汪光明说，广播会理解。再说了，往后吃饭的时间多着呢，可改革不能耽误。他回到园艺场就向解书记汇报了在省里见潘广播，以及潘广播关于支持园艺场实行生产责任制的意见。解书记犹豫了一会说，你是场长，你带头干吧，有了问题我来担责任。

园艺场很快实行了联产承包，不但没有出现解书记担心的人心不稳、生产受影响的事情，相反促进了生产，第二年产量大幅提高，职工收入也水涨船高。潘广播知道后，安排省报记者专程到园艺场采访，写了一篇长篇通讯《永不消逝的绿洲》。潘广播亲自给这篇长篇通讯写了一千多字的按语，称赞园艺场人给了故黄河第二次生命。他还给汪光明打了个长途电话。他在电话中高兴地说，光明啊，甩开膀子大干一场吧！

汪光明放下电话很长时间才想起，潘广播已经有两年的时间没给他写过信。不过他对此表示理解。省委常委，副省部级，多少事情要做啊？他把对潘广播的友情寄托在黄河故道那片绿洲上，不断在果树栽培、更新品种上下功夫。园艺场的果树品种逐年增加，还引进了一些国外品种。对于潘广播的联系越来越少，他深表理解。

五

光明，这阵子电视里没见广播，他是不是也退休了？有一天，李琴琴问汪光明。

汪光明正在校对他的一本新书。这是一本介绍果树栽培的书，第一版是在九十年代初期。那时候，黄河故道上承包责任田的农民一窝蜂地种果树，刮起了一场果树大跃进的风。县领导找到汪光明，请他写一本果树方面的书。开始是作为内部资料，内部印刷，后来越传越广，越传越远，一家科普出版社找上门来，给他签订了出版合同。第一版发行十几万册。此后，接连再版了几次。汪光明有点架不住了。他对已升任出版社副社长、当年的责任编辑说，土地、土壤、肥料、工时投入、气候等等，都发生了很大变化，这本书的内容有些不适应了，你们等我改改再出吧！这样，一等就等到他退了休。出版社催他交稿，他说再等等。他用了一年的时间，走遍了黄河故道上大大小小三百多家果园。有熟人的，他以老朋友的身份去；没有熟人的，他以买树苗、买苹果的身份出现，有时候还以打工者身份工作一个月。他敏锐地发现，种果树的越来越浮躁，恨不得当年种树当年结果，一只苹果能换成金蛋子，在管理上、技术上的投入越来越少。果树的成长普遍面临催生的问题。好多好多个晚上，他坐在果树下，想着想着就流了泪。有时候半夜爬起来，他坐在灯下改书稿，一改就到天亮。李琴琴不止一次劝他，老汪你就省省心吧。现在这社会，人都浮躁，为了挣钱啥也不顾。你就是写出来，也没有几个人照你的做。

听了李琴琴的话，汪光明愣了一下，说，你也照照镜子看看你自己都满头雪花了。广播和我同年的，到休息年纪了。

李琴琴说，人家官大的和你官小的不一样。他到了退休年纪还可以到人大、政协干几年，再不就是到哪个半官半民的学会、协会当个会长、顾问，能干到七十岁呢。

汪光明说，那好。让他们这样有经验，身体也好的多干几年，对国家来说不一定不是好事。再说了，年龄本来就不应该一刀切嘛。他已经完成了校对，长长地舒了一口气，脱了衣服准备进卫生间洗澡。

　　李琴琴说，前些天我在报纸上看到过一条消息，说广播现在是高，高，高什么球协会的副会长。我还纳闷：广播年轻时没见他有打球的习惯。每回咱场里办篮球赛，他都是在场外给你加油……

　　汪光明没吱声。他一边冲澡一边想。他知道李琴琴说的那种球是高尔夫球。清明节前，在城里做房地产发了家的周瞎子的小儿子、外号周歪脖子来园艺场给周瞎子扫墓，走的时候对随行的人说，踏破铁鞋无觅处。老子在咱方圆几百里找了好久，想找个地方建个高尔夫球场，怎么就没想到园艺场呢?! 这里有树有草，有沟有河，很适合建球场啊! 不知他是有意还是无意，反正有人把话带给了场领导。现任园艺场管委会主任是老解主任的孙子解密。解密说这对咱园艺场来说也是好事。这年头种苹果有啥出息。好年头卖上好价钱能填饱肚子，不好的年头放烂了也卖不出去。毕竟都是园艺场的后代，过去没联系不等于联系不上。解密很快就同周歪脖子联系上了，说是欢迎他回园艺场投资。不久，周歪脖子带着一帮子老板，开着二十多辆豪华车浩浩荡荡地来了园艺场。他们在果区转了一天。晚上，解密设宴招待，把汪光明也叫上了。一来健在的老人中他退休前的职位最高，二来解家和汪家是老关系，汪光明的女儿汪林林嫁给了老解主任的儿子，现在都在省城工作，论辈份是解密的婶子。

　　周歪脖子没等解密介绍，上前就把汪光明抱了起来，汪爷爷，你老人家怎么越活越年轻了? 给小的们介绍介绍你的养生经验。

　　李琴琴在一旁说，他的经验就一条：玩命!

　　宴会一开始，解密致欢迎词。他从小有点儿结巴，念稿子时断时续。周总，周大老板这次来咱们园艺场考，考，考察，是，是，是咱们园艺场的光荣。周，周老板看上了咱，咱这地方，打算投资十个亿搞，搞，搞开发……

周歪脖子和他爷爷周瞎子一样是个急性子，喜欢干脆利落。他站起来，抢过解密的话直截了当地说，我爷爷在这块土地上战斗过，死后还埋在了这里。我爸爸从小在这儿长大，是从这里走出去的园艺场的第一代大学生。我本人小时候也经常到这里来。所以我们周家几代人对这片土地充满了感情。我和我的合作伙伴都看上了这里，打算投资建一个高尔夫球场。

解密喝了一声：好！接着带头鼓掌。掌声还没落，一位老职工问道：建球场是不是要毁果树果林？

周歪脖子看了那个老职工一眼，点点头说，也不是全毁，有的果区还保留。高尔夫球场需要难度，一马平川的球场是足球场。

哈哈哈哈……周歪脖子带的人中有人狂笑，好像是嘲笑那个老职工土，不懂高尔夫艺术。解密觉得没面子，训斥那个老职工说，不说话也没人把你当哑巴。让你带嘴来是喝酒吃饭的，不是瞎咋呼。

场面一下子冷清下来。解密看了一眼汪光明，示意让他表个态度。汪光明还没弄清楚事情的原由，有点儿丈二和尚摸不着头脑，所以假装没看见，低着头啃鸡块。李琴琴用胳膊肘儿轻轻捣了他一下。他恼怒地白了李琴琴一眼，又低着头啃鸡块了。解密无奈，只好硬着头皮对大伙说，咱这园艺场是老，老，老果园了，一半以上的果树，树，树龄超过我的年龄，我，我喊爹都不为过。关键的关键的关键，黄河故道上果园太多，太多，不挣钱。平了种庄稼吧，于，于，于心不忍。让果树不长苹果长金蛋蛋吧，那，那，那是白日做梦。周老板给咱指的是，是，是一条致富路。

汪光明忍不住了，直言道：解主任，咱这不仅是果园，更是绿地、绿洲，故黄河的防护林……

解密没等他说完就粗暴地打断了他的话。我说汪，汪，汪爷爷，你这话算说对了。要不是绿地，人家还不会来搞球场呢！

周歪脖子一拍桌子，就这么回事。

咱这场里两千多职工，还有家属往后吃什么？有人问。

解密说，可以给球场打工。球场有餐厅，需要服，服，服务员；有商店，也需要服，服，服务员，还有保安，球童……安，安，安排个百十来人没问题。其他人嘛，周老板会给一笔征地补偿费和安置费，可以另谋职业。

场面又冷清了一会。园艺场参加宴会的老人大都做过中层干部如区队长、支部书记，又都是在园艺场长大的，对园艺场的感情像汪光明一样深厚。一听说建球场要毁果树果林，一下子都接受不了。他们把目光都聚集在汪光明的身上，希望他能表个态度。汪光明沉吟了一会，问周歪脖子：你们真看上了这地方？

周歪脖子点点头说，嗯。

汪光明又问解密：真打算把果园给卖了？

解密未置可否，咧着嘴笑了笑。

汪光明起身向外走，一边走一边说，大事，大事啊！

汪光明之所以没有明确表态，是因为心里没有底。建一个高尔夫球场需要占地多少，会不会大面积毁林，这一片绿洲还能不能保住，职工的收入有没有保障……？回到家里他就打开电脑，在百度搜索中汪光明看着眼前被毁掉的果树，眼泪一下子就涌出了眼眶。他双膝一软跪在地上，捡起几棵已经泛绿的树枝紧紧抱在怀里，仰天呼喊，天哪，谁杀了你们?!

输入高尔夫三个字，没想到看到了潘广播的名字。潘广播的名字是出现在高尔夫相关的新闻中，有一条新闻说他参加全省老干部高尔夫球赛，以70杆的成绩获了第一名。汪光明压根就不懂高尔夫，更不懂这球为什么还要用多少杆计算成绩。他心想，广播都参加这种活动，肯定是有益的，健康的。

没想到，周歪脖子第一天开工就差点闹出了人命。十几台推土机一字儿排开，随着轰轰隆隆的巨响，一棵棵、一片片果树来不及挣扎一下就被碾得粉身碎骨。数百名果农像失去亲人一样嚎啕大哭，一拥而上挡在推土机前。

施工队的头儿给周歪脖子打电话，报告了现场情况。周歪脖子把电话打到解密那儿，发了一通火：解密我操你个大爷。我钱给你了，你答应让我开工，可又果农挡着拦着，你啥意思?

解密解释说，我不，不，不知道有人闹事。周总，你，你，你千万别生气。我马上就到工地去。

那天，汪光明和解密同时到的现场。汪光明一眼就看见解密从一辆崭新的奥迪A6车上下来，身上的风衣也是新的，就连眼镜也换成了金边镜架。他一下车就冲着果农吼：谁他妈带的头？让我查，查，查出来，非弄你个家破人亡不，不，不可！

汪光明看着眼前被毁掉的果树，眼泪一下子就涌出了眼眶。他双膝一软跪在地上，捡起几棵已经泛绿的树枝紧紧抱在怀里，仰天呼喊，天哪，谁杀了你们?!

现场一片哭声。

解密走到汪光明面前，生气地说，老汪汪爷爷，你，你，你不是

不，不，不反对周歪脖子征地建高，高，高尔夫球场吗？你，你，你
这是啥意思？

汪光明狠狠地瞪着他，说，你们不是说不毁果树吗？看看，这是
什么，都是刚结果的果树，是园艺场的未来和希望啊！他边说边站起
来，越说越激动，解密你听着，当年我和你爷爷在黄河故道沙土地上
栽树苗时……

解密根本不打算听他往下说，粗暴地挥挥手，说，行了行了，什
么年代了还动不动就，就，就忆苦思甜。你们那点事，我耳朵都听烦
了。我今天给你实话实说吧。这，这，这个高尔夫球场的大股东大老
板是潘国光……

汪光明耳边轰地一声响，好像晴天一声霹雳。他的身子晃了几晃，
差点儿倒在地上。刚刚赶到的李琴琴怕他出事，连拉加推把他拖回了
家。这天晚上，他躺在床上不住地辗转反侧，对李琴琴说，我得找广
播去，找广播去……

李琴琴见汪光明在卫生间里呆得太久，心里疑疑惑惑，敲了敲门，
老汪，汪光明，你没事吧？

过了好大会儿，汪光明才回了一句：我要找广播去！

六

汪光明在省城住了三天，不要说出宾馆的门，就连房间也不敢离
开，时不时地盯一眼房间里的分机电话。他期待着电话铃声响起，其
实是期待老朋友潘广播"接见"自己。

他是三天前到省城来的。女儿汪林林就在省城，有家有房，让他

到家里去住，他让李琴琴过去了，自己却坚持住在离潘广播家不远的一家快捷酒店里，而且和李琴琴母女约法三章，他不主动找她们，她们不要找他，以免打扰他办大事。

汪光明要办的大事是向潘广播反映园艺场目前面临的问题。一是周歪脖子等人没有征地手续就占果农的地；二是毁林毁果树建高尔夫球场；三是野蛮拆迁违法拆迁……他相信潘广播听了，也会和他一样对周歪脖子和解密等人的行为感到愤怒，支持他和果农维护正当权益，尤其是保护那一片绿洲。他老是想着潘广播曾经给他说过的话：那是我心中的一片绿洲。

到了第四天，潘广播没出现，李媚和潘国光倒是来了。李媚虽然也六十出头的人，但皮肤保养得水灵灵的，不仔细观察，看不见皱纹。她的脖子上挂着一串雪白的珍珠，看成色就知道价格不菲。汪光明心想：李媚咋也一身珠光宝气啦？她一见面就惊讶地说，光明大哥，你怎么突然就老得那么快了。看看，看看，成了真正的驼背小老头了。

汪光明也没和她客气，直截了当地问：广播呢？退休了还那么忙？我来三天了他连个面也不见。

李媚听出他话里有怨气，拉着他的手说，人是退休了，可工作不休，光这协会那协会的会长就兼了四个。协会，协会，就靠着开会。这就是你那个老朋友的性格。他知道你来省城了，可是赶不回来接待你，就让我和国光来看看你。

汪光明无话可说了。

李媚说，老潘让捎话给你，让你在省城多住些日子。他过几天就回来了。说着，她向潘国光递了个眼色。潘国光心领神会，把一只皮包放在床上，光明叔叔，这是我孝敬你老人家的。

汪光明没在意包里装了些什么东西。潘广播曾让汪林林往家带过几次东西，都是放在包里的，有一次包里放的是他写的和他推荐让汪光明读的书，有他给汪光明买的药和衣服。这次，他以为包里装的一定是和过去一样的东西。他让潘国光在自己对面坐好，上上下下打量了他一会。潘国光让他看得不好意思，红着脸问，光明叔叔，你有啥话就说呗！

汪光明认真地问道：国光，你给你叔实话实说，咱们那园艺场建高尔夫球场的事你掺乎了吗？

没等潘国光回答，李媚抢过话头回答：是周瞎子的孙子和老解的孙子拉着国光入股。国光还没考虑好。

汪光明大手一挥，好，好，那就别考虑，别考虑。国光你爸爸知道你妈妈知道你也知道，黄河故道过去是一片沙荒地，兔子不拉屎的地方，别说种果树，就是……

李媚说，就是，就是，这事上一辈子忘不了，下一辈子也不会忘。不过，光明大哥你也知道，那片地方地也没劲了，果树也老化了，再说，国外的优质水果大量进口，对国内的水果市场冲击很大。咱那……

汪光明一愣，咱那怎么了？我们这些年一直在搞改良，搞更新，种生态果树，这几年就没再用过农药。"故黄河"品牌的苹果在省城，在上海、北京都是抢手货……

潘国光冷笑一声，讥讽地说，光明叔叔，你一车苹果能卖几个钱？你忍心让那些果农这样穷下去？

汪光明目瞪口呆。屋子里一时寂静无声，三个人彼此能听见对方的喘息。汪光明觉得脑子里无数只蜜蜂在嗡嗡地飞。接下来，李媚和潘国光说了些什么，他一句也没听进耳朵里去。

李媚和潘国光走后，他就坐在床沿上发愣，一直到电话铃声响起才赶忙扑过身子去接，张口就喊：广播，我是光明，我等你三天了。

电话那边沉默了一会儿，传来汪林林的声音，爸，我是林林。我妈她病了。

汪光明问：啥时病的？

汪林林说，就是你们来的第二天。

汪光明又问：啥病？

汪林林犹豫了一会，说，去医院检查过了，结果还没出来。我妈不让我告诉你。我想还是得给你说。

汪光明说，那就等结果出来再说吧。你妈那边检查结果出来了，我这边和你广播叔叔的事也说完了。

汪林林沉默了一会。临放下电话时，汪光明清晰地听见汪林林沉重地叹了一声气。

汪光明一直等到夜间十一点，没有广播的消息。他准备睡觉了，才打开潘国光送的书包，一看，吓得他像双脚触电，光着脚跳下床，拎着包就朝外跑，嘴里喊着：国光，国光，你给我回来，把钱拿走。

原来，包里装着两捆钱，一捆十万，银行的封条还没揭开。汪光明长这么大，还是第一次有人送自己这么多钱。他不明白潘国光的用心：是孝敬他这个穷叔叔吗？没必要一次给那么多。再说，他和李琴琴两个人都是高工，工资收入不低，不缺钱花；是还他的钱吗？他记忆中潘广播没有向他借过钱，更不用说二十万了。他一下子恍然大悟，是潘国光在堵他的嘴，让他不要在园艺场建高尔夫球场的事情上多发表意见，更不要有反对意见。这是干什么？把我汪光明当成什么人了?！他跑到楼下，被门前的保安拦住了。保安说，大爷，你光着脚这是朝哪儿跑呀？

汪光明说，我要去找潘国光，我要去找潘国光。

保安说，那你也得穿鞋子。这样子不光不雅观，也容易扎破脚。再说，快十二点了，谁家还不睡觉……

汪光明这才发觉自己失态了。他快快地回到房间，望着那只装着二十万元钱的书包，反复想着潘国光送钱给他的目的，想着潘广播躲着不见他的原因，想着黄河故道那一片绿洲的未来……想着想着，他的泪水不知不觉流了下来。

这天夜里，他一夜没合眼。

第二天，他去了汪林林家。李琴琴的检查结果出来了，没有什么大病，不过要静心休养。他给潘广播写了封长信，信中恳求潘广播制止解密等人把园艺场卖给周歪脖子建高尔夫球场。他说，广播呀，我记得你那句话，要保护好这片绿洲。这片绿洲要是在你心里还有位置，就请你出面制止他们……我虽然年纪大了，可脑子还清醒。我要争取在入土之前，把这片绿洲常绿的事办好……

他交待汪林林一定亲自送到潘广播手里。他还把包交给了汪林林，让她还给潘国光，叮嘱她说，不要让你广播叔叔知道。他知道了还不气个半死。

汪林林唇边浮过一丝嘲笑。

汪光明回到园艺场一个月后，收到了潘广播给他的回信。信虽然有三页纸，密密麻麻写满了字，但除了说抱歉，解释没见他的原因，就是动员他锻炼身体，甚至还说到了打高尔夫球……这让汪光明大失所望。看完潘广播的信，他长长地叹了一声气，对李琴琴说，广播这是怎么了？

李琴琴一脸茫然，张了张嘴，欲言又止，无可奈何地指了指脑袋，又摇了摇头。

汪光明想了半天，不服地说，广播不会不爱护这片绿洲的，不会的，绝对不会的。不信再过几天看，周歪脖子一定会停工。

一个星期过去，周歪脖子的施工没有停下的迹象；两个星期又过去了，周歪脖子那边又毁了一个果区。汪光明着急，打电话问汪林林，你是不是没去你潘伯伯家啊？

汪林林说，都什么时候了，我怎么可能没去呢。

汪光明：你是不是把我给你潘伯伯的信给弄丢了？

汪林林反问，爸，你闺女是那种丢三落四的人吗？

汪光明放下电话，又要给潘广播打电话，被李琴琴制止了。李琴琴说，老汪啊，你就别再费那片心了。我估摸着广播肯定知道国光参与咱这高尔夫球场投资的事。

汪光明的眼睛瞪得像两只小灯笼，问李琴琴：你这话啥意思。是不是说潘广播支持他们？

李琴琴难过地低着头没有回答。

汪光明一跺脚，指着李琴琴吼道，你给我闭嘴！潘广播不是那样的人。他难道不希望黄河故道园艺场永远常绿？他难道不知道建高尔夫球场没有土地部门批准是违法？再过几天没消息，我还要去省城找他。

李琴琴不想让汪光明生大气。人生气分生大气和生小气。生大气会动肝火伤害自己。她顺着汪光明的话说，你既然相信你那个老朋友，那你就别着急，再等一等。

李琴琴早就猜到潘广播是在回避汪光明。你到省城等了人家几天，人家不见；人家隔三差五回来看看，也没来找过你。秃子头上的虱子在这明摆着，你汪光明就是不承认。她还有一件事情没告诉汪光明，潘广播在勘察阶段就来过。

大凡施工的工地都竖立着巨幅广告牌或者宣传画，上边有施工图，有领导视察的照片，有鼓动人的口号。不管是出于什么样的目的，总之是中国的一个特色。有一天，李琴琴从广告牌下经过，无意间抬头看了一眼，发现有一张照片上的一个人很眼熟。那人站在周歪脖子和解密之间，身后还有几个人，一看就是个领导。尽管他戴着墨镜，围着围巾，半个脸被遮挡住了。但李琴琴还是认出了他就是潘广播。她当时一阵头晕目眩，差点儿倒在地上。过一会，她镇定下来后，急急忙忙往家里走，想把这个消息告诉汪光明。快到家时，她又改变了主意。这事不能让汪光明知道。他要是知道了还不气死？

七

潘广播不但知道潘国光在周歪脖子的黄河故道高尔夫球场有股份，还为周歪脖子他们帮过忙。

潘广播喜欢上高尔夫球是在退休之后。这之前，他对潘国光打高尔夫球很有意见，父子俩为此发生过不止一次冲突。他认为高尔夫球是一项过于奢侈的运动，是西方资本主义式的运动项目。全省建第一家高尔夫球场时，当地农民因土地被占到省城上访过。省报为此发了内参。他当时还在任上，对此项目也是不赞成的，而且在内参上写了自己的意见：这是一项在资本主义世界流行的高消费娱乐项目。对于我们这样一个发展中国家，一个还有相当多人口处于贫困线之下的国家来说，不仅是超前消费，也不符合基本国情。况且占了那么多耕地……后来，潘国光开始打球，他对潘国光说，这是烧钱运动，花钱买健康。潘国光几次要拉他到球场转一转。我敢保证，你下三次场就会兴趣倍增，往后就会恋恋不舍！

潘广播说，你小子等着吧。我也保证你看不到那一天。

潘国光哈哈一笑。

潘国光自从喜欢上打高尔夫球，一有时间就朝球场跑。他的球友中大多是些有钱的民营企业老板。老板掏腰包请官员打球，必有其目的。潘广播三天两头告诫潘国光注意。潘国光嘴上说我是打过免疫针的，行动上却我行我素，把更多的同事甚至领导拉到球场上，其中有一位潘广播敬重的老领导。那个老领导见了潘广播的面就说，广播，你爬了一辈子格子，颈椎、腰椎都不正常，应该去打打高尔夫球。他总是一笑置之。

不久，潘国光辞去公职下海经商，参与到高尔夫球场的建设之中，全省后来陆续兴建的几家高尔夫球场都有他的股份。他还当选省高尔夫球协会的副秘书长。潘广播怎么也想不明白说不明白的是，遍地球场，方兴未艾，而且没有几家是土地管理部门批准的，怎么就能建起来？他问过潘国光，潘国光每次都是哈哈大笑，好像笑他不谙世事。

渐渐地，潘广播明白了，政策归政策，执行起来却是另一回事。这就是现实，这就是国情！

　　有一次，潘广播去本省南方一个城市参加一个全国性的研讨会。会址就设在一个高尔夫球场的星级宾馆里。会议三天，有两天的议程是高尔球友谊赛。说白了是企业掏钱买单，请一些老领导以开会的名义来为自己开业助阵，打球只不过是一种回报。他敬重的那位老领导也来了。看着那些老领导的秘书或司机从车上卸下球包，球包上写着一个个人的名字，他心里很不是滋味。不是滋味也说不出口。你老潘不喜欢不等于别人不喜欢。渐渐地，一个疑问在他脑海中形成：这高尔夫球真的就那么神奇，那么拥有魅力吗？

　　人的兴趣形成有一个过程。一开始是好奇，渐渐地就转向了尝试。潘广播敬重的那位老领导拉他去打练习场时，他踌躇了一下，跟着去了。一次、两次……散会的时候，他竟然对高尔夫球也不再像过去那样反感了。他想，不就是打打球吗？这球还真的让人过瘾。那么大一片广阔的草地，上边是一片蓝天，周围是一片树林，还有小河流水，空气新鲜，运动量也不大，等于是一边散步一边锻炼。虽然是老板花钱，那也是他老板自己愿意，只要不找我办什么事情谋什么私利，也不犯错误。再说了，那么多比你潘广播官大的都喜欢这项运动，你比谁觉悟高咋地？从此，潘国光拉他去打球，他不再拒绝。又过了一段时间，他主动让潘国光给他安排球场打球的事。他的球技也突飞猛进，在全省老干部高尔球比赛中由末位晋升到前三。

　　有一天，潘国光告诉他，有人想在黄河故道园艺场投资建一个高尔夫球场。他的心砰然一动，摇着头说，不行，不行！那不等于把园艺场给毁了！

潘国光说，爸，一个园艺场一年能生产多少水果？再说了，现在果园满山遍地，每年都生产过剩，加上国外的优质水果大量进口，果农的收入增长缓慢，就是不建高尔夫球场，也得转变生产方向。我听说有房地产商也看上了那个地方。与其被房地产老板拿去建一片房子，还不如建个球场，照样保持那儿的生态。

潘广播沉默了。他知道，随着城市规模不断扩大，城市建设步伐不断加快，交通状况不断改变，原来属于城市远郊的黄河故道园艺场，现在已经变成近郊，周边一些居民小区已经建了起来。园艺场的土地被房地产商看上不足为奇。潘国光说的不无道理，与其在那片土地上盖房子，不如建个高尔夫球场。但是，他又觉得不忍心，不甘心。他说，你光明伯伯肯定第一个不答应。

潘国光说不会的。汪伯伯做人的原则我知道，只要是对当地老百姓实惠的好事，他都会支持。

潘广播说，问题就在于你怎么能证明建球场比现在的园艺场更能让老百姓实惠。

潘国光把电视声音调得很大，假装没有听见。

果然，这事遇到了阻力。有一天，潘国光从潘广播曾经工作过的城市打来电话，说是当地领导想请他回去看看。潘国光说，爸，这边这几年变化可大了，你要是旧地重游，恐怕很多老地方都找不到或者不认识了。

潘广播说，你小子就胡扯。我退下来之前哪年不过去开几次会。

潘国光说，你开会都是来也匆匆去也匆匆，哪有时间在这耽搁。

我汪伯伯不就说过你三过家门而不入。

潘广播一愣，问：你去看汪伯伯了吗？

潘国光说，唉，哪有时间。我带几个投资商不定期来这边考察投资项目的，看地方，开会，谈判，喝酒……一天到晚忙得晕头转向。停顿了一下，又说，你老人家要是过来，我陪你去看看汪伯伯。

潘广播这回心动了。是啊，好久没见老朋友汪光明了，连他的声音都很难听到。应该去会一会，聊一聊了。他担心李琴琴不让他去。老伴，老伴，老来有伴。这几年李琴琴像个孩子一样对他越来越依恋，总是想和他多在一起待一待。所以，他在吃饭的时候绕着圈儿给她说，那边要开一个老同志的座谈会……李琴琴没听他说完就打断了。她说，老潘你早就该去那边看看了。我几次想劝你，又怕你一个人去不带上我。

潘广播笑了，怎么会呢！

在当地的欢迎宴会上，潘国光把周歪脖子介绍给了潘广播和当地的市领导。在言谈中，潘广播听出周歪脖子和潘国光已经就在园艺场建高尔夫球场达成了共识和协议，但是遭到了园艺场员工的反对。当地领导为了保持稳定，对这个项目也不支持。李琴琴没等潘广播表态就抢着发言，这些个果农吃了一辈子水果，隔肚皮都能看着苹果皮，还没过瘾啊？她对一位市领导说，你们这里的发展为啥落后于南边几个市，还不是因为招商引资的环境不好。人家老外来咱中国，工作之余总得有个休闲娱乐的地方吧？总不能让人家大白天也泡歌厅。我敢说有个高尔夫球场，能招一批老外过来投资……

潘广播白了她一眼，心里骂：净他妈的瞎说。中国改革开放时有几家高尔夫球场？外国人不照样蜂拥而来。人家奔的是中国改革开放的好政策。一个球场就能招一批老外来投资，老百姓家里也愿意建球场。不过，他没有把话说在表面上。虽然他退下来了，退下来了也是领导，人称老领导、老首长。领导不能轻易表态，想啥说啥，没想好就说，那还是领导吗？他眯着眼，目光盯着电视画面，精力却放在当地领导那里，想听听他们的意见，看看他们的态度。

当地那位市领导曾经在潘广播的手下工作过，是经潘广播提拔起来的，对潘广播一直心存感激。他熟悉官场的学问尤其熟悉潘广播的为官风格，眨了几下眼皮，哈哈笑着对李琴琴说，李大姐说得好，我们一定会认真对待。来，来，我敬你一杯！

李琴琴朝潘国光挤了挤眼皮。潘国光心领神会，拉着周歪脖子给那位市领导敬酒。潘广播把这些都看在眼里，心里却在想着是不是要去一趟园艺场看汪光明。不知为什么，他忽然觉得自己没了见汪光明的底气。这之前他收到过汪光明反映解密想毁果园建球场的信，没有给予答复。假如见了面，汪光明问起此事，他不知道该怎样回答。

吃罢饭，当地那位市领导陪潘广播转了半小时。潘广播回到房间时，李琴琴已经给他削好了苹果。李琴琴说，你尝尝这苹果，味道鲜美、纯正，水分大，营养成分多。服务员说是进口的。

潘广播没吭气。他猜得到如果自己接着李琴琴的话往下说，她一定会提在园艺场建高尔夫球场的事。他吃了半块苹果，李琴琴所说的优点确实都有。他过去在园艺场待的时间多，比李琴琴有经验，从口味中体会出这种苹果没有用过农药，用现在时髦话说属于原生态。李琴琴见他不说话，又说，国外水果质地好，价格比国内还低。我从一篇新闻报道上看到过，很多果园都转型了。

李琴琴的话刚落音，服务员进来给她送牛奶。她为了向潘广播证明，问服务员：小姑娘，你们这水果是哪个国家进口的你知道不？

女服务员脱口而出回答：是俺这黄河故道园艺场生产的原生态水果。俺这水果都出口，用不着进口。

李琴琴闹了个大红脸，朝女服务员粗暴地挥了挥手。

潘广播的心一阵翻腾。看来汪光明这些年一直没有放弃追求，心中始终坚守着年轻时的理想。和汪光明相比，自己是不是……他决定第二天就回省城，既不插手潘国光在园艺场投资建高尔夫球场的事，也不去看汪光明。第二天，市里派了一辆考斯特来接他，说是请他走一走，看一看。他说，我回省城，那边有事。李琴琴和潘国光对视了一眼，搀着他上了车。一路上，他发现这座城市的确发生了巨大变化，宽阔的街道把他记忆中的大街小巷都抹去了。他不得不感慨地说，如果我一个人回来，真的找不到要找的地方了！

然而，更让他想不到的是潘国光竟然把他直接拉到了黄河故道园艺场。那条曾经让他为之骄傲，为之振奋的白杨大道依然还在，一棵棵钻天杨长得又高又壮，英姿焕发，也许它们认出了他这位老朋友，哗哗哗地仿佛鼓掌向他表示欢迎。他的眼睛一下子湿润了。很快，他就调整了情绪，向潘国光要了一幅墨镜戴上……

这就是后来出现在园艺场高尔夫球场宣传画上的他。他就来了那一次。当时，他并不知道自己来一趟对潘国光投资所产生的影响。不过，那一次他没见汪光明。

从那以后，他也没再和汪光明联系过。所以，汪光明第二次专程离开球场的时候，他悄悄地对解密说，给老汪立块碑吧。他是这片绿洲的有功之人！

到省城，仍然没见到潘广播。他在汪林林家住到第三天就因病住进了医院，在医院一住就是一年多。这期间，他不时接到园艺场一些老同事的来信，告诉他兴建高尔夫球场的工程热火朝天。尽管园艺场的果农一次次给上边写信，到县、市和省里上访，也没有挡住。有几个果农还因"带头冲击国家机关"被刑事处理。他把这些信都转给了潘广播。让他不解的是，潘广播仿佛从人间蒸发了，从此再没有给他一点儿信息。

汪光明出院后，李琴琴和汪林林不让他再回园艺场。他开始还吵还闹，渐渐地，身体状况越来越差，三天两头朝医院里跑，也就不再坚持了。最后一次住院，他意识到自己生命的时间不长了，握着李琴琴的手说，老伴啊，我最后求你一件事。你要答应我，我死后你一定把我送回园艺场。

李琴琴忍不住痛哭出声。

几年后，黄河高尔夫球场建成，迎来的第一批贵客中就有潘广播。他和几位球友经过一片坡地时，陪同他的解密指着不远处的一座坟墓说，那就是老汪爷爷的墓。

潘广播愣了一下，眼圈红了，但是没有落下一滴泪。

离开球场的时候，他悄悄地对解密说，给老汪立块碑吧。他是这片绿洲的有功之人！

解密愣怔了一会儿，摇摇头，又点点头。

原载《北京文学》2013 年第 8 期

《小说选刊》2013 年第 11 期转载